머더봇 다이어리

탈출 전략

머더봇 다이어리
탈출 전략

EXIT STRATEGY:
THE MURDERBOT DIARIES

마샤 웰스
고호관 옮김

차례

⊘

⊘

1

해브라튼 정거장으로 돌아오자 한 무더기의 인간들이 나를 죽이려고 했다. 내가 얼마나 인간들을 무더기로 죽이고 싶어 하는지를 감안하면 공평하다 할 수 있었다.

우주선은 접근 중이었고 나는 초조하게 해브라튼의 피드와 연결되기를 기다리고 있었다. 우주선은 최소한의 기능만 갖춘 봇 조종사로 지능이나 성격이 열차폐막 발생기 수준밖에 되지 않았기 때문에 내가 모든 입력을 감시하고 있다가 항행 경고 신호가 들어오는 대로 포착했다. (우주선이 의도적으로 나를 배신하지 않으리라는 사실은 알고 있었지만 의도치 않게 그렇게 할 가능성도 너끈히 84퍼센트는 됐다.)

경고는 해브라튼의 항구 관리소에서 온 것으로, 우주선에게 늘 가던 사설 민간 정박장 대신 공용 탑승장 끝에 있는 다른 구역으로 가라는 명령을 내렸다.

나는 여기서 밀루로 가려고 이 우주선을 탔을 때 얻었던 해브라튼의 배치도를 아직 갖고 있었다. 탑승 구역의 그 부분은 항구 관리소 정박장 바로 옆에 있었다. 정거장 보안대응팀의 배치 장소가 거기였다.

아, 퍽이나 의심스럽지가 않군.

나 때문일까? 어쩌면, 아마도? 그때 이 우주선에는 그레이크리스가 버린 테라포밍 시설을 재생하려던 굿나잇랜더 인디펜던트를 방해하려고 한 윌켄과 거스도 타고 있었다. 어쩌면 그자들 때문일지도 몰랐다. 바라건대 윌켄과(또는) 거스는 지금쯤 굿나잇랜더 인디펜던트에게 잡혀서 어딘가에 있을 것이고 어쩌면 굿나잇랜더 인디펜던트가 증거를 찾으려고 해브라튼에 수색을 요청했을지도 몰랐다. 어느 쪽이든 마찬가지였다. 누군가 이 우주선을 기다리고 있다면 정박할 때 나는 여기에 없어야 했다. 우주선에게 지시해 다른 정박장으로 가라고 할 수도 있었지만 별로 좋은 생각이 아니었다. 우주선에 타고 있는 누군가가 지시했다는 사실뿐 아니라, 그 누군가가 피드의 선박 목록에 현재 승무원이나 승객 없이 최소한의 생명 유지 장치만 가동하며 운행하고 있다고 나와 있는 봇 조종 화물선을 타고 있다는 사실까지 항구 관리소가 알게 될 터였다. 해브라튼처럼 규모가 크고 중무장한 정거장이라고 해도 약탈자가 잠입하려는 시도일지 모르는 이례적인 우주선의 접근에는 조심할 수밖에 없었다. (그건 바보 같은 시도였다. 우주선에 탈 수 있는 인원의 약탈자로는 아무것도 못 하고 탑승 구역에서 너저분하게 죽어나갈 터였다. 하지만 나는 평생 보안 알을 하면서 인간들이 그와 비슷한 멍청한 재앙을 일으키지 못하게 막느라 시간을 다 보냈다.) 그랬다가는 정거장 상부가 너무 우려한 나머지, 우주선에다 대고 발포할 수도 있었다. 이 우주선은 비록 둔하기는 하지만 최선을 다하고 있었고 나는 우주선이 다치지 않기를 바랐다.

내가 아직 대피용 우주복을 갖고 있다는 게 다행이

었다. 전투봇의 공격 이후 아베네의 셔틀에서 탈출할 때 입었던 것이다. 그건 내 기억 장치에서 지우고 싶은 또 하나의 사건이었다.(그런 기억을 지우는 건 가능하지 않다. 나는 데이터 저장소에 있는 건 지울 수 있지만 머리의 유기물 부분에 있는 건 지우지 못한다. 회사는 대량 학살 사건을 포함해 내 기억을 몇 번 깨끗이 삭제했고 그 이미지는 끝이 안 나는 가족 역사 드라마 속의 귀신처럼 떠다닌다.)

(나는 끝이 안 나는 가족 역사 드라마를 좋아하지만 현실 세계에서는 귀신이 훨씬 더 성가시다.)

앞서 정거장에 도착할 준비를 하면서 나는 대피용 우주복을 보급품함에 넣어두었다. 이 우주선은 화물과 함께 승객을 태우는 일이 별로 없었으므로 누군가 그 우주복이 물품 목록에 없다는 사실을 알아채고 실제로 문서와 등록 사항을 확인하기까지는 오랜 시간이 걸릴 거라는 계산이었다. 이제 나는 그 우주복을 다시 끄집어내기 시작했다. 재빨리.

나는 그다지 잡히고 싶은 생각이 없었다.

나는 가방을 재킷 속에 쑤셔 넣고 우주복을 입은 뒤 활성화했다. 우주선이 정박을 위한 기동을 하며 정해진 위치로 천천히 움직이는 사이에 나는 반대쪽에 있는 화물 모듈의 에어록 문을 통과했다. 우주선의 드론들이 모여들어 내가 왜 잘못된 문으로 나가는지 혼란스러워하며 슬프게 삑삑 소리를 내면서 지켜보았다. 우주선이 정거장에 결합할 때 나는 에어록을 빠져나오며 문을 닫고 봉인하라는 요청을 전송했다. 나는 우주선의 외피를 따라 움직이면서 우주선의 기억 장치에서 나에 대한 마지막 기억 몇 조각을 삭제했다. 안녕, 우주선아. 너는 필요할 때 내 곁에 있어줬어. 만약 밀루에서 있었던 일을 담은 보고서가 더 빠른 수송선(내가 탄 우주선은 좋게 말해서 느긋하다고 할 정도였다)을 타고 출발했다면 나보다 훨씬 먼저 이곳에 도착했을 것이다. 보안유닛 하나가 밀루에 가서 인간을 몇 명 구하고 인간 모습을 한 봇 하나는 구하지 못하고 전투봇 세 대를 완전히 작살내버렸다는 사실을 인간들이 알고 있을 수도 있었다. 그리고 이 우주선이 그 모든 일이 벌어진 직후에 밀루를 떠난 유일한 수송선이라는 것도.

인간들이 수색했을 때 내가 우주선 안에 없다는 것

은 그리고 있었던 흔적도 없다는 것은 그 문제를 어느 정도 모호하게 만들 터였다. 내가 뭐 음식을 먹거나 폐기물 처리기를 써야 하는 건 아니었다. 약간의 공기와 샤워 시설을 이용했지만 재활용 일지는 깨끗이 지웠다. 과학수사를 벌인다면 내가 있었다는 게 드러날 수는 있었다. 만약 과학수사가 드라마에 나오는 것과 같다면 말이지만. 그러고 보니 나는 정말 그런지 아닌지 전혀 몰랐다.

(나 자신에게 일러두기: 진짜 과학수사에 관해 찾아보자.)

나는 정거장 옆면으로 가서 보안카메라나 드론이나 혹시 모를 뭔가를 찾아 눈으로 스캔하고 피드와 통신 신호를 찾아다녔다. 다른 우주선들도 근처에서 결합해 있었다. 하지만 내 눈에 보이는 건 우주선 외피와 커다란 화물 모듈뿐이었다. 커다란 창문을 통해 저 알 수 없는 도망자 보안유닛이 우주복을 입고 뭘 하는지 쳐다보고 있는 인간 같은 건 없었다. 나는 신호 몇 개를 포착했다. 하지만 전부 파편 감지기나 화물봇 안내 장치였다. 나는 화물봇이 모듈을 정거장에 고정할 때 사용하는 자석 걸쇠의 줄을 따라 움직이다가 대형 화물선에서 모듈을 제거하고 있는 봇 하나를 찾았다. 나는 그 봇의 피드 채널에 접속해 작업 명령을 확인했다. 녀석이 현재 작업 중인 화물선은 봇이 조종하고 있었는데 승무원은 휴가 중이고 승객은 하선한 상태였다. 나는 그 화물봇에게 비어 있는 새 모듈을 삽입하기 전에 내가 안으로 들어가도 될지 물었다. 녀석은 마음대로 하라고 말했다.

(인간들은 봇에게, 가령 정거장 밖에서 돌아다니는 누군지 모르는 사람에게 반응하지 말라는 등의 이야기를 아예 할 줄 모른다. 봇은 절도 시도를 보고하고 물리쳐야 한다는 지시를 받지만 다른 봇의 정중한 요청에 응답하지 못하게 하는 인간은 없다.)

나는 텅 빈 모듈 구조물 안으로 들어가 에어록으로 향했다. 수송선에게 핑 신호를 보내자 수송선이 응답했다. 뇌물을 줄 시간은 없었기 때문에 나는 방금 화물봇의 기억 장치에서 꺼낸 정거장 공식 운송업자의 보안키를 보냈다. 그리고 내가 안으로 들어가 우주선을 통과해 정박장으로 나가도 될지 물었다. 수송선은 마음대로 하라고 말했다.

나는 에어록을 통과한 뒤 대피용 우주복을 벗었다. 그리고 수납함 하나를 찾아 그 안에 넣었다. 메인 에어록 앞에서 나는 보안카메라를 빌려 내 모습을 살펴보았다. 옷에 묻은 피와 체액은 우주선에 있을 때 승객용 화장실의 세탁유닛으로 지워두었다. 하지만 발사체 무기와 파편을 맞아 생긴 구멍을 수선할 수 있는 장비는 전혀 없었다. 다행히 내가 입고 있는 재킷은 어두운 색이었고 구멍은 그다지 눈에 띄지 않았다. 그리고 셔츠 깃은 내 목 뒤의 비활성화한 데이터 포트를 딱 덮을 수 있을 정도의 높이였다.

보통 그게 문제가 되지는 않았다. 인간은 대부분 보안유닛이 장갑을 입지 않은 모습을 본 적이 없었고 아마도 그 포트를 증강 시술로 생각할 터였다. 만약 우주선의 경로를 바꾼 인간들이 나를 쫓는다면 그자들은 아마도 장갑을 벗은 보안유닛이 증강인간처럼 보인다는 사실을 알기 때문일 것이다.

(어쩌면 내가 예민하게 구는 것일 수도 있다. 나는 원래 그러니까. 유기물 부분이 달린 살인봇이 되면 그런 불안감이 따라온다. 장점은 사소한 부분에 집착하게 된다는 것이다. 단점

14

도 사소한 부분에 집착하게 된다는 것이다.)

나는 내가 걸음걸이와 몸짓을 더 인간처럼 만들기 위해 만든 코드가 돌아가고 있는 중인지 확인하고 수송선의 일지에서 나에 관한 내용을 지운 뒤 메인 에어록을 통해 정거장의 정박장으로 걸어 나왔다.

나는 이미 피드에 접속해서 정거장의 무기 스캔 드론을 해킹해 나를 무시하게 만들고 있었다. 내 팔뚝에 내장 에너지 무기가 두 개 있어서 무기 스캐너를 해킹하는 건 언제나 중요했다. 이번에는 그게 더욱 중요했다. 다른 걸 떠나 내 가방 속에는 장갑을 꿰뚫는 발사체 무기와 탄약이 있었기 때문이다.

그건 내가 밀루를 떠날 때 챙겨온 윌켄과 거스의 무기 중 하나였다. 돌아오는 길에 우주선의 작업실에서 한동안 시간을 보내며 좀 더 숨기기 쉽도록 분해해서 더 작은 형태로 다시 만들어두었다. 그러니까 지금 나는 단순한 폭주 보안유닛이 아니라 장갑을 착용한 보안 요원을 쏠 수 있는 무기를 들고 다니는 폭주 보안유닛이었다. 인간들의 기대에 부응하기에는 딱인 것 같긴 하다. 그러나 자유무역항을 떠나면서 처음 시도했을 때보다 지금은 무기 스캐너를 속여 넘기는 게 훨씬 더 쉬웠다. 그건 내가 마주친 여러 보안 시스템의 제각기 다른 특징을 익혔기 때문이기도 했다. 하지만 정말 도움이 된 건 도주 중에 온갖 시스템을 대상으로 코딩하고 작업했던 경험이 새로운 신경 통로와 처리 공간을 열어젖혔다는 점이었다. 나는 밀루에서 허브시스템이나 보안시스템의 도움 없이 내 두뇌가 폭발할 것 같은 지경에 이를 정도로 다중 입력을 처리하고 있을 때 그걸 알아챘다. 열심히 했더니 정말 실력이 늘었던 것이다. 그렇게 될 줄 누가 알았을까?

나는 지도를 따라 정박장의 (아마도) 보안 구역인 곳을 떠나 정거장의 상점가로 향하는 보행로로 접어들었다. 그 길은 우주선이 지시를 받아 정박한 항구 관리소의 정박장 위와 공용 탑승장을 지나갔다. 이제 인간들에게 둘러싸여 있어본 적이 충분히 많아서 당황할 이유가 없었다. 나는 나를 증강인간 보안 자문관이라고 생각하고 끝없이 말을 걸던 인간들과 함께 수송선에도 타봤단 말이다. 하지만 조금 당황스러웠다. 지금쯤이면 이러지 말아야 하는데.

수송선 승객 무리 사이에 끼어들려니 내 유기물 부분의 신경이 모두 꿈틀거렸다. 이런 정거장에서는 인간이나 증강인간 모두 딴 데 정신이 팔려 있다는 점이 다행이다. 모든 사람이 다 서로 낯설었고 모든 사람이 다 정보나 통신 또는 오락 거리를 찾아 피드를 확인하며 걸었다. 내가 타고 온 우주선의 정박장 앞을 지나갈 때 탑승장에 큰 무리가 있는 게 보였다. 다른 인간들과 함께 나는 고개를 돌려 슬쩍 그들을 바라보았다.

동력복을 입고 중무장을 한 23명이 진입 작전을 위해 자리를 잡고 있었다. 보안유닛 장갑은 눈에 띄지 않았고 아무런 핑 신호도 없었다. 따라서 아마 전원이 인간이거나 증강인간일 것이다. 크기가 다양한 보안 드론 47대가 출동 준비 상태로 무리 지어 그 인간들의 머리 위를 선회했다. 나는 정거장의 보안 드론 하나를 붙잡아 동력복의 어깨에 있는 로고를 확대하게 했다. 해브라튼 정거장 로고는 아니라는 사실을 제외하면 첫눈에 알아볼 수 없었다. 나는 나중에 이미지 검색을 해보려고 표식을 달아두었다.

해브라튼 정거장 보안팀도 있었지만 나는 뒤쪽 항구 관리소 구역의 입구 근처에 서서 진입 작전을 구경하고 있었다. 그러니까 누군지는 몰라도 무장한 팀을 불러올 수 있도록 해브라튼과 계약한 것이다. 그건 돈이 많이 드는 일이었다. 걱정스러운 일이기도 했다. 증거를 수색하기 위해서라면 동력복을 입은 인간 23명과 보안드론 소함대까지는 필요 없었다.

정거장 보안팀은 자기네 정박장을 쿵쿵거리며 돌아다니는 보안 회사를 감시하기 위해 드론을 사용하고 있을 게 분명했다. 나는 잡고 있던 정거장 보안드론의 버퍼 메모리를 확인했고 중간에서 통신을 엿들은 거의 1시간 분량의 기록을 찾아냈다. 그걸 다운로드해 '보안유닛'이라는 단어를 검색했다. 거의 곧바로 나왔다.

보안유닛이라. 넌 이게 정말 타고 있다고 생각해?

정보에 의하면 가능성이 있대. 난—

제어장치가 있는 거?

없어, 이 멍충한 놈아. 그래서 폭주했다고 하는 거야.

아, 그렇군. 나 때문이었다.

＊＊＊

밀루의 테라포밍 시설/불법 외계인 유물 채굴장에
서 월켄과 거스는 내가 보안유닛이라는 걸 알아챘다.
그때는 그게 편리했지만 다시 일어나기를 바라는 일
은 아니었다. 절대로.

내 친구인 ART가 내 형태를 바꾸며 팔다리를 최
대 1센티미터까지 줄여놓아서 나는 보안유닛 표준 몸
형태를 찾아내는 스캔에 걸리지 않았다. ART가 바꾸
어놓은 코드가 내 몸 일부분에 드문드문 인간과 같은
부드러운 체모가 나게 했고 내 피부가 비유기물 부분
과 이어지는 방식을 바꾸어놓아서 좀 더 증강물처럼
보였다. 감지하기 힘들 만큼 교묘해서 ART는 무의식
적인 수준에서 인간의 의심을 누그러뜨릴 거라고 여
겼다. (ART는 원래 그렇게 우쭐댔다.) 내 코드 변화는 눈
썹과 머리털을 굵어지게 하기도 했는데 그렇게 살짝
바꾼 것치고는 얼굴이 사뭇 달라 보였다. 마음에 들

지 않았지만 어쩔 수 없었다. 그러나 보안유닛에게 익숙한 인간을 속일 정도는 아니었다. (물론 내가 벽을 타고 달려가는 모습을 봤으니 윌켄과 거스는 제대로 보기 전에도 내가 뭔지 알았을 터였다.) 나는 내 행동을 제어할 수 있었지만(음, 어느 정도는, 대개) 외모를 제어할 필요도 있었다.

그래서 우주선에 타고 있는 동안 나는 ART의 템플릿을 이용해 일시적으로 머리털이 점점 빨리 자라도록 내 코드를 변경했다. (잘못돼서 드라마에 나오는 이족보행 털북숭이 괴물 쪽에 가까워질 경우 고칠 시간을 확보하려고 빠르게 한 것이다.) 나는 머리털이 2센티미터 더 자라게 했다. 그리고 목표에 도달하자 멈추었다. 결과를 확인하기 위해 나는 내 영상 자료에서 이미지를 꺼냈고 멘사 박사의 카메라에서 내 얼굴이 잘 찍힌 모습을 찾아냈다. 나는 보통 카메라로 나 자신을 보지 않는다. 내가 왜 그런 짓을 하겠는가. 하지만 그때 나는 계약에 매여 있었고 여전히 내 고객의 피드를 수집하고 있었다. 촬영 시각을 보니 우리가 호퍼 바깥에 서 있을 때였다. 그레이크리스가 우리를 사냥하던 때였다. 멘사 박사는 다른 인간들이 나를 믿을 수 있도록 내게 얼굴을 보여주라고 요청했었다.

나는 그 옛날 이미지와 드론 카메라로 찍은 현재 이미지를 비교했다. 이런저런 변화를 주고 나니 다르게 보이기는 했다. 더 인간 같았다.

그러자 더욱더 마음에 들지 않았다.

그러나 아직 정체를 알 수 없는 보안팀이 나를 찾는 상황에서 해브라튼에 돌아온 지금은 그게 편리했다. 다음 단계는 발사체에 맞은 게 분명한, 구멍이 나 있는 옷을 없애는 것이었다. 상점가 끄트머리에서 나는 어쩔 수 없이 커다란 여행용품점으로 들어갔다.

메모리칩을 사려고 정거장의 자동판매기를 사용해본 적은 있었지만 실제 가게에 들어와본 적은 없었다. 판매는 전부 자동이었고 엔터테인먼트 피드에서 본 내용을 바탕으로 대강 사용법을 알고 있었음에도 여전히 이상했다. (이상하다는 건 괴로울 정도로 불안하다는 뜻이다.) 다행히 인간 중에도 어떻게 해야 할지 모르는 치들이 있는 모양인지 내가 문턱을 넘자마자 곧바로 가게의 피드가 내게 인터랙티브 안내 모듈을 보냈다.

그 모듈은 나를 비어 있는 자동판매 부스로 안내했다. 사방이 막힌 공간이었다. 개별 문을 닫으라고 지시하고 나자 마음이 푹 놓여서 기능 안정성 수치가 0.5 올라갔다. 부스는 내 선불카드를 스캔하고 몇 가지 선택 사항을 제안했다.

나는 '기본/실용/여행 시 편안함'이라고 적혀 있는 항목을 골랐다. 긴 치마, 폭 넓은 바지, 전신 카프탄, 무릎까지 오는 튜닉과 재킷을 두고 머뭇거렸다. 그걸 모두 한꺼번에 입어서 나와 바깥세상 사이에 완충지대를 만든다는 생각은 매력적이었지만 내가 익숙하지 않았고 어떻게 보일지도 걱정스러웠다. (걷거나 가만히 서 있을 때 팔다리를 어떻게 해야 하는지 알아내는 데도 한참 걸렸단 말이다. 옷을 여분으로 껴입었다가는 주목을 끄는 실수를 저지를 가능성이 훨씬 더 컸다.) 스카프와 모자, 그리고 인간들 사이에서 문화적인 기능을 하기도 하는 여타 머리 및 얼굴 가리개도 역시 끌렸다. 하지만 딱 숨으려고 하는 보안유닛이 사용할 만한 물건이었고 괜히 찍혀서 보안 스캔만 더 받게 될 터였다.

나는 지금까지 인간 옷을 두 벌 입어보았다. 그래서 어떤 게 가장 효율적인지 좀 더 잘 알 수 있었다. 나는 자유무역항에서 훔쳤던 것과 별로 다르지 않은 작업화를 골랐다. 크기 조절이 가능하고 무거운 물체가 떨어져도 어느 정도 보호 역할을 하는 제품이었다. 인간이 아닌 내게는 그다지 중요한 기능은 아니었지만. 그리고 달을 수 있는 주머니가 많은 바지, 내데이터 포트를 덮을 수 있는 옷깃이 달린 긴팔 셔츠, 부드러운 후드가 달린 재킷을 하나 더 골랐다. 그래, 내가 지금까지 입고 다니던 것과 아주 비슷했다. 검정색과 남색의 배열이 달랐을 뿐. 나는 지불을 승인했고 옷이 배출구로 툭 떨어졌다.

새 옷을 입자 엔터테인먼트 피드에서 재미있어 보이는 새 드라마를 발견했을 때 으레 느끼던 기묘한 기분이 들었다. 나는 이 옷이 '마음에 들었다.'

어쩌면 정말 마음에 들어서 '마음에 들었다'에 있는 따옴표를 없애도 될 것 같았다. 원래 나는 엔터테인먼트 피드를 통해 다운로드할 수 없는 건 좋아하지 않았다.

어쩌면 내가 직접 골라서일지도 몰랐다.

어쩌면.

나는 가방도 닫을 수 있는 주머니가 더 많은 것으로 바꾸었다. 새 옷을 입고 낡은 옷은 가게의 재활용 장치에 넣어 할인을 받은 뒤 부스를 나섰다.

다시 상점가로 나와 군중 속에 섞여 들어간 나는 새로운 엔터테인먼트 자료와 수송선 일정을 다운로드하고 뉴스 보도를 찾아 피드를 뒤지기 시작했다.

이미지 검색으로 아까 그 보안 회사의 로고를 찾아냈다. 팰리세이드. 그 회사에 대한 검색도 시작했다. 가능한 한 빨리 해브라튼을 떠나 멘사 박사에게 내 메모리 클립을 전달할 좋은 방법을 찾아내야 했다.

내 팔에 숨겨놓은 메모리 클립에는 그레이크리스가 테라포밍 작업으로 위장하고 불법 채굴한 기묘한 합성물에 관해 내가 밀루의 채굴기에서 직접 뽑아낸 데이터가 많이 들어 있었다. 그리고 내가 윌켄과 거스의 장비에서 찾아낸 메모리 클립에는 더 많은 비밀이 담겨 있었다. 두 사람이 그레이크리스를 위해 지금껏 한 일을 기록한 것으로 언제라도 언론과 경쟁

기업에 제공할 수 있도록 세심하게 차곡차곡 정리되어 있었다. 내가 보기에는 협박용이거나 그레이크리스가 자신들을 죽이지 못하게 하려고 든 보험 같았다. 어느 쪽이든 이제는 내 손에 있었다.

그것과 다른 메모리 클립들을 멘사에게 직접 전해 주는 게 가장 확실한 방법이었다. 그리고 나는 그렇게 할 작정이었다. 다만 멘사를 다시 만나고 싶은지 확신이 없었다. (아니, 정확히 말하면 멘사가 나를 다시 만나고 싶어 할지.)

멘사에 관해 생각하면 지금 당장, 아니 사실 앞으로도 영원히 대하고 싶지 않은 온갖 혼란스러운 감정이 일었다. 하지만 그 결정을 지금 당장 해야 하는 건 아니었다. (그렇다. '아니 사실 앞으로도 영원히'는 여기에도 적용된다.) 나는 언제든지 멘사가 머무는 곳에 몰래 들어가 멘사의 소지품 사이에 쪽지와 함께 메모리 클립을 놓고 올 수 있었다. (나는 그 쪽지 내용에 관해 고심했다. 다르게 쓸 수도 있겠지만 아마도 "그레이크리스에게 불리한 이 증거가 도움이 되기를 바랍니다. 살인봇 드림"이 될 것 같았다.) 나는 멘사가 아직 자유무역항에 있는지 아니면 보존 연합으로 돌아갔는지 알아내는 데 집중해야 할 필요가—

검색 중이던 뉴스피드에서 연달아 뭔가 떠올랐고 최고 인기 기사의 태그라인을 본 나는 걸음을 멈췄다. 상점가 안에 있는 널찍한 공간에 있어서 다행이었다. 띄엄띄엄 다니던 사람들이 내 주변으로 비켜 지나갔다. 나는 근처에 있는 사무실 입구로 위치를 옮겨서 사설 피드가 디스플레이에 띄우고 있는 광고와 정보 영상이 보이는 곳에 가 섰다. 이상적인 곳은 아니었지만 가만히 서서 뉴스에만 집중할 수 있는 장소가 필요했다.

멘사 박사가 그레이크리스에게 산업스파이 혐의로 고소를 당했다.

지난번에 여기서 본 뉴스 이후로 도대체 어떻게 하다가 이 지경까지 온 거야? 여러 건의 소송이 진행 중이었지만 분명히 그레이크리스는 탐사대를 무력으로 공격한 쪽이었다. 갖가지 증거 외에도 우리에게는 내 피드 기록과 그레이크리스의 대리인이 죄를 인정하는 모습을 담은 멘사의 옷 카메라 영상까지 있었다. 나를 소유했던 그 쪼잔하고 멍청한 머저리 보증 회사라고 해도 그 정도 자료를 가진 상태에서 일을 망칠 수는 없었다.

그런데 정말로 그런 모양이었다. 게다가 멘사 박사는 비기업형 정치적 독립체 출신의 행성 지도자였는데 어떻게 산업스파이로 고소당할 수 있었던 걸까? 아니, 사실 나야 인간의 법률에 관한 교육 모듈을 가져본 적이 없어서 그런 일에 관해 아는 게 없지만 말이 안 돼 보였다.

나는 일단 끓어오르는 화를 억누르고 나머지 내용을 살펴보았다. 그레이크리스가 고소를 한 건 맞았다. 하지만 실제로 소송을(역소송인가? 그런 단어도 있나?) 제기했는지는 아무도 몰랐다. 언론이 멘사를 찾을 수 없어서 추측한 내용일 뿐이었다. 잠깐, 뭐라고?

그러면 멘사는 어디 있는 거지? 다른 이들은? 멘사만 혼자 남겨두고 보존 연합으로 돌아간 건가? 내가 알아낸 바에 따르면 보존 연합이 자신들의 행성 지도자를 대하는 태도는 지극히 평범했다. 고향 행성에서라면 멘사 박사에게는 경비도 필요 없었다. 하지만 무슨 일이든지 일어날 수 있는 자유무역항에 멘사를 홀로 남겨둔다는 건 멍청한 짓이었다. 그리고 무슨 일인가가 일어난 것이다.

나는 가장 가까운 곳에 보이는 기업 로고를 주먹으로 후려치고 싶었다. 멍청한 인간들은 안전해지는 법을 모른다. 멍청한 인간들은 세상 천지가 바보 같고 지루한 보존 연합 같은 줄 안다!

정보가 더 필요했다. 내가 중요한 전개 과정을 놓친 게 분명했다. 나는 뉴스를 시간대별로 거슬러 올라갔다. 관련 표식을 찾으며 철저하게 살폈고 당황하지 않으려 애썼다. 자유무역항이 기자들에게 먹고 떨어지라고 던져준 기록에 따르면 아라다와 오버스, 바라다지, 볼레스쿠는 모두 30주기 전에 보존 연합으로 떠났다. 멘사도 그 뒤를 따르기로 했지만 그러지 않았다. 여기까지는 괜찮았다.

그다음 관련 데이터는 다른 기사에 깊이 묻혀 있어서 나도 거의 놓칠 뻔했다. 그레이크리스가 배포한 기사가 있었는데 멘사가 소송에 대응하기 위해 트란롤린하이파로 갔다는 내용이었다. 하지만 자유무역항은 확인해주지 않았다.

트란롤린하이파가 도대체 어디야?

공용 피드의 정보 베이스에서 미친 듯이 찾으니 트란롤린하이파가 정거장이라고 나왔다. 주요 허브의 하나로 그레이크리스를 포함한 거의 200개 회사의 본부가 있는 곳이었다. 그러니까 완전히 적진으로 간 건 아니었다. 그래도 내 기분이 전혀 나아지지 않다니 이상한 일이었다.

그다음 관련 기사는 멘사가 그레이크리스를 상대로 한 소송에서 보존 연합과 델타폴을 대표해 증언하러 트란롤린하이파에 갔을 거라고 추측하고 있었다. 그다음 기사는 그레이크리스가 멘사를 상대로 실제로 제기했는지 안 했는지 모를 소송에서 증언하려 한다고 추측했다. 끔찍하게도 정말로 뭔가를 알 수도 있는 두 존재, 보존 연합과 자유무역항에 있는 내 전 소유주인 멍청한 머저리 보증 회사는 멘사가 트란롤린하이파에 있는 게 확실하다고 말한 것을 빼고는 아무런 공식 성명을 내지 않았다.

멘사는 바보가 아니었다. 아무런 보호도 받지 않은 채 적대적인 기업의 영역에 가까이 갔을 리가 없었다. 만약 멘사가 자발적으로 트란롤린하이파에 갔다면 이미 한 번 멘사를 죽이려 했던 그레이크리스를 만나러 가는 여행에 필요한 보증은 단순 구매도 비싸고 실행에 옮기는 데는 더욱더 비쌀 터였다. 보증 회사는 멘사를 빼내오기 위해 전투함 파견까지 포함해 어떤 일이든 하겠다고 동의해야 했을 것이다. 보증 회사의 주요 배치 센터인 자유무역항에 머무는 게 더 안전했고 따라서 더 저렴했다. 그리고 증언할 사람들을 전부 그곳으로 오게 하는 것이다. 회사는 아마 그렇게 하라고 권했을 것이다.

결론: 멘사는 트란롤린하이파에 자발적으로 간 게 아니다.

누군가 속임수를 써서 멘사를 함정에 빠뜨려 가게 만든 것이다. 하지만 왜? 만약 그레이크리스가 그렇게 할 작정이었다면 왜 그렇게 오래 기다렸을까? 왜 관련된 증인 모두에게 옷을 차려입고 증언하고 증거를 언론에 뿌릴 수 있는 시간을 주었던 걸까? 무

슨 일이 벌어졌기에 그레이크리스가 그렇게 당황해
서….

  아, 아, 제기랄.

2

내가 가야 했다. 그것도 빨리. 우주선 안에서 나를 찾지 못하면 팰리세이드의 추적은 떨칠 수 있겠지만 당분간이었다. 그리고 그자들에게 조금이라도 뇌가 있다면 자동화 수송선을 확인할 것이다. 나는 아주 빨리 출발하는 여객선 일정을 불러냈다. (아니, 직접 그곳으로 가는 건 아니었다. 내가 바보인 건 분명하지만 그 정도로 멍청한 건 아니다.) 그리고 4시간 뒤에 주요 허브 한 곳으로 떠나는 우주선을 찾아냈다. 그곳에 가면 어디든 가고 싶은 곳에 갈 수 있었다.

전에는 이런 식으로 여행해본 적이 없었다. 그리고

싶지 않았다는 게 큰 이유였다. 일단 신분 확인과 지불 시스템을 해킹하면서 동시에 무기 스캐너를 해킹하는 내 능력을 내가 믿지 않았다. 하지만 지금은 그러지 않을 이유가 없었다. 윌켄과 거스 덕분이었다.

내게는 선불카드와 다양한 아이디가 들어 있는 그 두 인간의 비상용 가방이 있었다. 신분 표식은 피하삽입용으로, 신분을 확인해주는 정보가 담긴 것이다. 보통은 전용 스캐너가 아니면 읽을 수 없었다. 하지만 내 스캐너를 세심하게 살짝 만져주자 그 안의 암호화된 데이터를 볼 수 있었고 나는 해브라튼으로 돌아오는 길에 그것들을 전부 살펴보았다.

코퍼레이션 림에서 쓰는 신분 표식에는 보통 소지자에 관한 정보가 많이 담겨 있다. 하지만 이것들은 림 바깥쪽을 여행하는 사람들이 임시로 쓰는 것이었다. 여행을 허가한 비기업형 정치적 독립체, 출신지, 이름을 나타내는 일련의 번호가 담겨 있었다. 당연하게도 윌켄과 거스가 그것들을 갖고 있는 이유가 바로 그거였다. 필요할 때 신분을 바꾸기 위해서. 기업형 정치적 독립체는 다른 누구보다도 자기네 인간들의 행적을 파악하는 데 열심이다. 나는 미디어에서 코퍼레이션 림 안에서는 시민이나 준시민 혹은 제각기 다른 정치적 독립체가 행적을 파악해야 하는 그 어떤 신분 분류보다 비시민이 여행하는 게 쉽다는 내용을 본 적이 있다. (상황은 더 나쁠 수도 있었다. 적어도 인간은 신분 표식을 도려낼 수 있지 않은가. 나는 몸 일부에 기업 로고가 새겨져 있어서 지울 수도 없단 말이다.)

나는 공용 휴식 장소로 가서 선불카드로 사방이 막힌 칸막이방을 결제한 뒤 파탈로스 압살로에서 온 지안이라는 아이디를 골랐다. 그리고 내 어깨 주위의 피부를 벗기고 그 아래에 신분 표식을 삽입했다. 그 부위의 통증 수용체 감도를 낮추어야 했지만 불편할 정도로 체액이 흐르지는 않았다.

멘사 박사를 떠난 뒤로 나는 종종 인간인 척하고 다녔다. 하지만 공식적으로 내가 인간이라는 딱지를 붙이고 다니는 건 이번이 처음이었다. 기분이 이상했다. 마음에 들지 않았다.

* * *

나는 탑승장 가장자리에 있는 매표소에 운임을 냈고 표를 살 때와 수송선 입구로 들어갈 때 내 새로운 아이디로 스캔을 받았다. 무기 스캐너 두 개를 해킹해야 했으며 입구에서 증강물이 적어 보이도록 개인 스캔 결과를 조작해야 했다. 나는 화장실이 딸린 개인 선실과 자동 식사배달 서비스를 결제했다. (나는 식사가 필요 없었지만 혹시 누가 확인할 때 수치가 이상해 보이지 않도록 폐기물 재생기에 뭔가 버릴 게 있어야 했다.) 우주선 피드가 나를 선실로 안내했다. 복도에서는 인간을 네 명밖에 보지 못했고 라운지를 지나갈 때 다섯 명이 내는 소리가 들렸다. 여행에 걸리는 7주기 동안 두 번 다시 그 인간들을 보지 않는 것이었다.

선실은 한 번 경험해본 적이 있는 여객선 여행 때보다 더 나았다. 침구가 있는 침상과 작은 디스플레이, 작은 화장실로 통하는 문, 개인 소지품을 넣을 수 있는 보관함, 식사용 받침이 구비되어 있었다. 나는 문을 닫았다. 굳이 앉거나 가방을 바닥에 떨구지도 않았다. 아직 정거장에 붙어 있을 때 피드에서 찾아야 할 게 있었다.

나는 트란롤린하이파에 대한 검색을 설정하고 새로운 키워드와 시간 범위 기능을 사용해 뉴스 검색 결과를 확장했다. 새로운 드라마 다운로드는 탑승 구역으로 걸어오면서 이미 걸어두었다. 한눈을 팔 데가 필요하다는 걸 알고 있었다. 나는 내가 적어도 현재 상황을 일부분이나마 알고 있다고 생각했다. 그리고 상황은 좋지 않았다. 그레이크리스의 관점에서는 이런 일이 순서대로 일어났던 것이다.

(1) 멘사 박사가 보안유닛(중고, 약간 부서짐) 한 대를 구매했고 그 보안유닛이 사라졌다. 아무도 그게 어디 있는지 모른다. (2) 멘사 박사는 수송선에 실려 코퍼레이션 림 전체로 퍼진 뉴스의 인터뷰에서 그레이크리스가 테라포밍 시설을 포기하는 게 의심스럽기 때문에 밀루를 조사할 필요가 있다고 말했다. (밀루를 언급한 건 멘사가 아니라 그 기자였다는 건 신경 쓰지 말자.) (3) 보안유닛 한 대가 밀루에 나타나 굿나잇랜더 인디펜던트가 계약한 평가팀을 도와 (a) 그 시설이 행성에 추락하지 않게 막았고 (b) 그게 애초에 테라포밍 시설이 아니라 불법 채굴 작업장이었다는 증거를 획득

했다. 3a와 3b는 이미 아베네 일행의 목격담과 자신들을 고용한 주체에 관한 월켄과 거스의 증언과 함께 뉴스에 실려 코퍼레이션 림 전체에 퍼지고 있었다.

당연하게도 그레이크리스는 멘사가 자기들을 엿먹이려고 나를 밀루로 보냈다고 생각하고 있었다.

이런.

* * *

이번 여행은 스트레스가 넘쳤다. ART가 내 뇌를 삭제할 수도 있다는 암시를 주며 자신을 소개했던 여행과 맞먹을 정도였고, 끊임없이 미키 생각이 떠오르던 여행과 맞먹을 정도였다. 그리고 스스로 자신을 노예 계약에 넘겨버린 아이레스 일행과 함께했던 여행과도.

지금까지 내 여행은 대부분 이렇게 스트레스가 넘쳤던 것 같다.

이번에 날 괴롭힌 건 불안감이었다. 그리고 난 항상 하던 짓을 했다. 드라마를 봤다는 소리다. 해브라튼에서 아무거나 다운로드한 새 드라마 중에 인류의 초기 우주 탐험을 다룬 대하 역사 드라마가 있었다. 설명은 가상 다큐멘터리(나도 그게 무슨 뜻인지 모르겠다)라고 되어 있었다. 하지만 아마도 정확한 것으로 보이는 실제 역사를 바탕으로 한 해설이 전체에 걸쳐 달려 있었다. 그 당시에 보안유닛의 변종이 있었다는 사실을 보니 이상했다. 그때는 복제한 인간 부위를 사용하지 않았다. 대신 치명적인 부상을 입거나 질병에 걸린 인간의 실제 신체 부위를 증강로버라고 부르는 것을 만드는 데 썼다. 주요 줄거리 속의 인간 몇 명은 실제로 한 증강로버가 인간이었을 때부터 알고 지냈으며 여전히 친구 사이였다. 증강로버는 인간과 같은 형태가 아니었지만 임무와 함께 일할 인간을 선택할 수 있었다. 인간과 말도 주고받았고 조언을 하기도 했고 때로는 구조대를 이끌었고 수많은 곤경을 이겨냈다. 아주 그럴듯하고 유익한 해설에도 불구하고 나는 그게 사실이라고 믿기 힘들었다. 나는 두 번째 에피소드 중간에서 멈춘 뒤 뮤지컬 코미디로 바꾸었다.

어쨌든 나한테 뭐든 일을 시키는 사람 없이 안전하게 수송선 안에서 드라마를 보는 것과 내가 일을 온통 어떻게 망쳤는지, 다음에 어떻게 될지 그리고 내가 또 더더욱 창의적인 방식으로 일을 망치게 될 것 같은 미래에 대해 생각하지 않으려고 억지로 드라마를 보는 건 달랐다. 나는 전자에 익숙해져 있었고 다시 후자로 돌아가기는 싫었다. 나는 준비해두려고 노력했다. 수송선의 피드에서 트란롤린하이파에 관한 모든 정보를 끄집어냈다. 그건 해브라튼에서 이미 다운로드한 표준 관광용 패킷의 업데이트 버전보다 별로 나을 게 없었다. 하지만 그곳에 기반 내지는 본사를 두고 있는 회사의 이름은 많이 알 수 있었다.

보안 회사인 팰리세이드도 그곳에 대규모 사무소를 두고 있었다. 그게 왜 놀랍지 않을까?

나는 보안카메라를 속여 넘길 수 있도록 내 코드도 많이 고쳤다. 내 고객인 타판을 거의 죽게 할 뻔하기 직전에 라비하이랄에서 개발해둔 것이었다. 카메라 기록에서 내 모습을 삭제하고 내가 지나가기 전과 후의 이미지로 대체하는 방법이었다. 완벽하지는 않아서 여러 유형과 브랜드의 보안카메라에 그리고 더 많은 카메라와 각도에서도 효과가 있도록 코드를 개선하는데 힘을 썼다.

웜홀을 빠져나오자 나는 여행의 첫 번째 노정이 끝났다는 사실 때문에 기뻤다.

환승 허브에 정박했을 때 아무도 나를 기다리고 있지 않았다. 따라서 윌켄과 거스의 아이디가 괜찮다는 사실만큼은 알 수 있었다. 나는 그곳에서 10시간만 머물렀는데 단기 체류용 호텔의 작은 방 밖으로 절대 나오지 않았다. 새로운 드라마를 좀 다운로드했지만 대부분의 시간을 트란롤린하이파에 관한 내용을 찾느라 정보 데이터베이스에서 파일을 뒤적거리면서 보냈다. 내가 접속해야 하는 데이터베이스가 대부분 사기업의 것들이라서 내가 찾는 게 있는지 없는지만 확인하려 해도 우선은 해킹해 들어가야 했기 때문에 시간이 더 오래 걸렸다. 게다가 뉴스 검색도 평소처럼 하고 있었다. (내 불안감에 아무런 도움이 안 되는 수많은 추측 외에는 멘사에 관한 새로운 뉴스가 없었다.)

가야 할 시각이 가까워지자 나는 아이디를 지안에

서 키란으로 바꾸었다. 나는 추적하기 혼란스럽게 한 곳 더 거쳐서 갈까 생각해보았다. 하지만 멘사에게 무슨 일이 벌어지고 있는지 몰랐고 내가 이미 늦었을 지도 모른다는 생각은 그럴 마음을 접게 만들었다. 그래서 곧바로 트란롤린하이파로 향하는 다음번 빠른 여객선을 예매했다.

나는 밀루에서 얻은 메모리 클립을 두고 머뭇거렸 다. 아직 내 팔에 숨겨놓은 것과 윌켄과 거스의 것이 있었다. 이제는 그게 얼마나 유용한 정보일지 알 수 없 었다. 하지만 미키는 그 정보 때문에 죽었다. 자신은 몰랐을지 모르지만.

그걸 지닌 채 그레이크리스의 영역으로 들어가는 건 바보 같은 짓이었다. 나는 호텔 화장실에서 팔에 들어 있는 메모리 클립을 뺀 뒤 탑승장으로 향했다. 가는 길에 우편 매대에 들러 작은 소포 패키지를 샀 다. 나는 윌켄과 거스의 것을 포함한 메모리 클립을 보호용 포장지로 둘둘 만 다음에 용기를 밀봉했다. 그리고 보존 연합의 농장에 있는 멘사의 혼인 파트너 주소로 보냈다. (내 장기 기억 장치 안에는 배송 서류에 필요한 정보가 전부 굴러다니고 있었다. 보존지원단에 관한 내 옛 회사의 기록이었다. 와, 그건 정말 오래전 일 같았다.)

여객선에 올라타 개인 선실에 숨었을 때 방금 정박한 우주선을 통해 들어온 새로운 뉴스가 떴다. 보존 연합의 바라다지 박사가 낸 짧은 성명이었다.

비록 정말 화가 난 모습이었지만 익숙한 인간을 보니 예상치 못하게 기분이 이상했다. 바라다지가 한 말은 보존 연합이 그레이크리스와의 문제를 해결하기 위해 '단계를 밟고' 있다는 것뿐이었다.

흠. 나는 침대에 누워서 금속으로 된 천장을 쳐다보았다. 정박용 걸쇠가 풀리면서 우주선의 공용 피드에 번잡스러운 신호가 배경으로 깔렸다. 나는 형편없는 실력으로 인간인 척하며 여객선 선실에 숨어든 보안유닛에 관해 떠드는 사람이 없다는 것을 확실히 확인하기 위해 개인 활동을 감시하고 있었다. 그리고 바라다지의 성명을 일곱 번 재생해보았다.

내가 틀릴 수도 있다. 진짜 인간의 말과 표정에 깔린 감정을 해석하는 건 쇼와 드라마를 보면서 판단하는 것과 완전히 다르다는 사실을 알고 있었다. (일단 쇼와 드라마는 시청자와 정확하게 의사소통하려고 한다. 내가 아는 한 진짜 인간은 보통 자기가 뭘 하는지도 잘 모른다.) 그러나 내가 바라다지의 영상 성명에서 찾고 있던 해석은 멘사가 그레이크리스에게 잡혀 있으며 보존 연합이 최소한 그레이크리스와 우호적으로 협상하고 있다는 내용의 공식 성명을 발표하지 않으면 목숨이 위험한 상황이라는 것이었다.

나는 그 성명에 딸린 뉴스 기사를 다시 살펴보았고 그레이크리스에게 탐사팀이 학살당한 델타폴로부터 아직도 아무런 성명이 없다는 사실을 알아냈다. 그리고 내 전 소유주 회사로부터도. 아마도 그 재앙으로 인한 장비 손실과 보증금 지급을 두고 화를 내기도 하고 똥을 지리기도 하며 대신 대가를 치를 누군가를 필사적으로 찾아 헤매고 있을 텐데 말이다. 그러니까 내 말은 그 대가가 돈이라는 것이다. 그레이크리스는 충분히 많은 크레디트를 지급해 회사를 매수할 수 있었다. 하지만 지금까지는 그렇게 하지 않았다. 어쩌면 그레이크리스가 감당할 수 없었을지도 몰랐다.

그레이크리스는 기묘한 합성물, 즉 외계인의 유물

을 얻으려고 이 모든 짓을 저질렀다. 이제 모든 사람이 그 사실을 알고 있으니 그걸 팔거나 개발할 수 없다. 애초에 무엇을 할 계획이었는지는 몰라도 이제는 할 수 없다. 그 말은 그레이크리스도 필사적이라는 뜻이다.

상황이 좋지 않았다.

* * *

우주선 선내 시간으로 4주기가 지난 뒤 여객선은 웜홀을 통과했고 나는 트란롤린하이파 정거장의 피드에 간신히 접속했다.

가까이서 보니 더 커 보였다. 정거장만 해도 자유무역항보다 컸고 본체 아래에 서로 연결된 환승 고리가 세 개 있었다. 보통 환승 고리는 정거장 주위를 둘러싸고 있고 중심부에서는 인간과 증간인간이 살거나 각자 할 일을 했다. 아니, 아마 그럴 것이다. 환승 고리 근처에 있는 자유무역항의 배치 센터를 빼면 나는 그곳에 가본 적이 없었으니까.

나는 피드에 접속했지만 광고가 넘쳐났다. 환승 일정과 서비스 목록이 기업 광고에 잠겨버렸는데 그런 광고는 곧 눈에 더 띄려고 돈을 낸 다른 기업 광고에 묻혀서 사라졌다. 음, 전부 쓸모없었다. 나는 피드를 끊고 항구 관리소의 피드를 감시하고 있는 우주선 통신에 접속했다. 거기도 여전히 광고가 있었지만 적어도 항구 관리소가 이따금 끼어들었다. 그중에 항행 경고라는 말이 들렸는데—

흠.

나는 그걸 승무원을 위한 스캔과 항로 확인이 이루어지고 있는 여객선의 피드로 가져왔다. 정거장 옆에 기업 전투함이 한 대 떠 있었다.

접근 중인 것도 아니고 정박장 자리가 나기를 기다리는 것도 아니었다. 그냥 위치를 유지하고 있었다.

소유주가 누구인지는 모를 수가 없었다. 항행 경고 안에는 평소라면 가로막혀 있을 피드로 저 전투함이 방송하고 있는 멍청한 로고가 들어 있었다. 내 비유기물 부위에 새겨져 있는 것과 똑같은 로고였다. 나는 경고 시간대를 확인했다. 내 현지 시간으로 변환하자 대충 20주기였다.

다른 계약 때문에 여기 와 있는 걸 수도 있었다. 하지만 그건 너무 우연의 일치 같았다. 전투함의 유일한 목적은 빨리 가서 날려버리는 것이다. 그리고 전투함을 계약하는 건 까다롭다. 기업형과 비기업형 정치적 독립체 사이의 여러 조약 때문이었다.

나는 멘사가 그레이크리스와 협상하기 위해 정말 자발적으로 트란롤린하이파에 갔다면 전투함이 필요할 정도로 높은 보증을 들어야 했을지도 모른다고 생각했다. 하지만 왜 정박해 있지 않은 걸까? 멘사를 구출해야 하는 건가, 아니면 뭘까? 나는 정보가 필요했다. 그리고 정보를 얻으려면 한 가지 수밖에 없었다.

정거장에 접근하는 교통량은 많았다. 우리는 정박하는 데 27분이 지연될 예정이었다. 27분은 내가 멍청한 짓을 하기에 충분한 시간이었다.

나는 우주선의 통신에 접속했다. 항구 관리소가 광고들을 비집고 간신히 보낸 접근 절차에 따르면 모든 교통 신호와 목소리 피드를 감시할 수 있게 통신을 설정해야 한다. 우주선이 꽉 막힌 정거장 피드를 우회해 다른 우주선이 방송하고 있을지도 모를 경고나 경보를 들을 수 있도록 하기 위해서였다.

통신시스템의 보조 없이 그것들을 분류해서 구분하는 건 더 힘들었다. 하지만 나는 내가 찾는 게 무엇인지 알고 있었다. 6분 뒤 찾아냈다. 회사 전투함의 암호화된 피드로 음악 샘플의 멜로디처럼 통신 신호 주위에 얽혀 있었다. 나는 그 피드를 확보한 뒤 암호키를 적용했다. 이건 실수일지도 몰랐다. 내가 이 정도로 정보가 필요한가? 그래, 맞다. 그랬다. 나는 멘사가 임무를 띠고 여기 온 건지 아니면 잡혀 있는 건지 알아야 했다. 나는 전투함의 조종사 봇에게 핑 신호를 보내고 내가 스텔스 모드라고 녀석에게 알려줄 코드를 덧붙였다.

응답이 왔다. 그 녀석은 나 역시 회사 자산으로 인식했다. 내가 해독키를 갖고 있었고 올바른 인사말을 사용하고 있었기 때문이다. 내 생각에 누가 시키지 않는 이상 저 녀석은 회사의 봇이 아닐 리 없는 상대가 접촉해온 걸 굳이 승무원에게 알리지는 않을 것이다. 다른 보안유닛이었다면 즉시 나에 관해 보고했겠지. 보안유닛이라면 내 정체와 내가 여기 있어서는 안 된다는 사실을 알았을 테니까.

나는 혹시 누가 외부 연결을 눈치챌까 봐 가만히 들으며 기다렸다. 아무런 경보도 울리지 않았다. 나는 우주선의 교통 피드가 한가하며 대기 모드로 있을 때가 대부분이라는 사실을 알 수 있었다. 뭔가 기다리고 있는 중이었다.

나는 마음을 추스르고 조종사 봇에게 '상태: 업데이트(스텔스)'라고 보냈다. 기나긴 3초가 지난 뒤 그 녀석이 데이터를 쏟아냈다. 나는 감사 인사를 보낸 뒤 연결을 끊었다.

나는 다시 선실 천장에 집중했다. 운이 좋다면 아무도 조종사 봇의 연락 일지를 확인하지 않을 것이다. 회사는 돈을 받고서 나를 팔았고 나를 물품 목록에서 지웠다. 하지만 멘사가 없으면 나는 기업 영역에서 아무런 법적 지위가 없었다. 만약 내가 여기 있다는 사실을 회사가 알게 되면 나를 정거장 당국에 보고하거나 잡아서 강제로 부품별로 분해할 수도 있었다. 아니면 그 중간쯤 되는 무슨 짓을 하거나.

나는 추적기나 멀웨어가 있는지 확인한 뒤에 데이터를 풀었다.

음, 이건… 재앙이 될 수 있었다. 전투함이 트란롤린하이파에 도착한 직후 계약 상태는 '회수: 진행'에서 '회수: 보류. 중립 단체 접근 거부에 기인. 계약 범위를 넘어섬'이 되었다. 그건 전투함이 위험에 처한 고객을 회수하기 위해 파견되었지만 회수가 가로막혔기 때문에 작전이 중단되었다는 뜻이었다. 그리고 그건 단지 고객의 지불 능력을 넘어서는 일이어서가 아니었다. 고객의 아이디코드는 멘사의 것으로 내 계약에 있던 것과 똑같았다. 그건 이게 원래 행성 탐사를 위한 안전 보증의 확장이라는 뜻이었다. 그래, 그런 식으로도 가능하다는 건 나도 몰랐다. 하지만 그건 멘사가 여기 있는 게 확실하다는 뜻이었다. 적어도 회사의 현재 정보에 따르면 그랬다.

그런데 저 망할 전투함은 여기 가만히 떠서 아무것도 안 하고 있었다. 아마도 그레이크리스가 무슨 수를 써서 트란롤린하이파가 정박과 작전 허가를 내주지 않게 만든 모양이었다. 그건 트란롤린하이파 정거장의 보안팀과 싸우지 않고서는 회사가 무장 회수팀을 착륙시킬 수 없으며 그런 일까지 할 정도로 회사가 돈을 충분히 받지는 않았다는 뜻이었다. 다른 상태 코드는 '2차 고객 상태: 출석 약조'이었다. 그건 더 좋지 않다고 할 수 있었다. 보증에 이름이 들어 있는 다른 누군가가(아마도 보존 연합으로 돌아갔다는 뉴스가 나오지 않은 핀-리나 라티 혹은 구라틴일 것이다) 회사의 보호를 벗어나 어디에 있는지 모른다는 소리였다. 전투함과 무장한 정거장 사이에서 사라지는 방법은 단 하나뿐이었다. 셔틀을 탄 게 분명했다. 비무장이라고 인정받은 뒤 작전 금지 조치를 우회해 정박 허가를 얻은 것이다.

그러니까 내가 걱정할 인간이 넷이라는 소리였다.

* * *

기다리는 건 괴로웠고 나는 여객선이 정거장에 다가가 정박 과정을 마치는 동안 내가 가장 좋아하는 드라마 〈거룩한 위성〉을 보았다. 이윽고 우주선 피드가 하선할 시각이라고 신호를 보냈다.

내가 이곳으로 오는 여러 우주선 중에서 봇이 조종하지 않는 이 고속 여객선을 고른 이유 중 하나는 다른 승객 127명 때문이었다. 그중 43명은 함께 여행하는 일행이었는데 나를 실망시키지 않고 어리버리하게 하나로 뭉쳐서 내렸다. 나는 그 무리에 둘러싸인 채 탑승장을 걸어 지나간 뒤 인간들이 온갖 판매점과 광고에 정신이 팔려 흩어지기 전에 투명한 관 모양의 고가 보행로로 들어갔다. 나는 계속 걸었다.

그때까지 나는 이미 무기 스캔을 세 차례 벗어났고 제한된 피드를 해킹해 다양한 드론의 보안카메라를 확보했다. 내가 가봤던 다른 환승 고리와 정거장보다 내리는 승객에 대한 보안이 더 엄격했다. 안전 정보와 공지 사항이 묻힐 정도로 공용 피드를 광고에 팔아넘기는 정거장치고는 비정상적으로 엄격했다. (막힌 출입구나 벽으로 계속 걸어가는 모습을 보면 지도 기능을 이용하려고 애쓰는 인간과 증강인간을 구분할 수 있었다.)

또 적어도 네 번의 서로 다른 인식 스캔을 받았다.

이런 스캔은 보통 있는지 없는지 모를 탈출한 보안유 닛이 아니라 정거장 보안팀이 감시하고 있는 인간이 나 증강인간을 찾는 용도였다. (혹시 있을지 모를 탈출한 보안유닛은 엔터테인먼트 피드에서 볼 수 있는 것만큼 흔한 문제가 아니다.) 하지만 나는 ART의 말을 듣고 녀석에 게 내 형체를 바꾸도록 허락해서 다행이라고 생각했 다. 비록 당시에는 강박적일지도 모른다고 생각했지 만 그 모든 예방 조치를 취해놓아서 다행이라고 생각 했다.

순찰하는 무장경비원은 보지 못했지만 드론이 더 많았다. 작은 드론들인데 내게는 브랜드와 구성이 낯 설었다. 멍청한 광고를 차단하도록 검색을 수정한 뒤 나는 뉴스피드와 항구의 공용 정박장 할당 목록을 다 운로드하고 검색을 시작했다. 광고 무더기의 방해를 뚫고 간신히 들어온 항구 지도를 확인하고는 정거장 상점가로 향하는 보행로로 접어들었다.

내가 타고 온 우주선은 두 번째 환승 고리에 정박 했다. 따라서 승강기를 타고 싶지 않다면 경사로를 한참 걸어 올라가야 했다. 내가 그랬다. 나는 핑 신호를 잡지 못하고 있었지만 정거장 안내를 확인하자 보안유닛을 임대해주는 보안 회사 두 곳이 여기에 본사를 두고 있다고 나왔다. 에이노아르주와 스톡에이드쿠마란이었다. 팰리세이드는 보안 회사로 목록에 올라 있지만 보안유닛을 제공하지는 않는 것으로 나와 있었다. 그게 그자들에게 보안유닛이 없다는 소리는 아니었다. 단지 광고하고 있지 않을 뿐이라는 뜻이었다.

이 시점에서 나는 보안유닛을 상대해야 할지도 모른다는 걱정을 별로 하지 않고 있었다. 보안유닛은 육안으로(또는 핑 신호로 더 정확하게) 내가 탈주한 보안유닛임을 알아볼 수 있을 터였다. 하지만 환승 고리에서는 절대 우리를 사용하지 않았다. 보안 회사는 우리를(그것들을) 화물로 취급해 항구를 통과시킨다. 인간들이 놀라지 않게 하기 위해서였다. 물론 무슨 일이든 처음은 있는 법이지만 가능성이 높지 않았다. 아마도 기껏해야 15퍼센트쯤 될 것이다.

설령 보안유닛을 배치한다고 해도 여전히 나를 찾아야 하는 문제가 있었다. 지배 모듈은 보안유닛이 인간의 지시 없이 독자적으로 시스템을 해킹하거나 내 해킹을 찾게 내버려두지 않을 것이다. (그리고 나는 내가 해킹을 얼마나 하고 돌아다니는지 그레이크리스가 까맣게 모르고 있을 거라고 생각했다.) 오로지 전투용 보안유닛만이 인간 감독관 없이도 내 해킹을 감지하거나 그에 맞서 행동할 수 있었다.

그래도 신경이 곤두서 내 인간 피부가 따끔거렸다. 강화된 보안이 내가 생각했던 이론을 뒷받침하는 것 같았다. 아니, 가설이라고 해야 하나. 어쨌든 만약 뉴스에 나온 바라다지의 성명이 그레이크리스에게 보내는 메시지, 그러니까 보존 연합이 멘사 박사를 구하는 데 협력하겠다는 암시였다면 멘사가 붙잡혔다는, 트란롤린하이파에 갔거나 어떻게 해서인지 끌려갔다는 기사도 메시지라는 게 내 생각이었다. 내게 보내는 메시지.

그레이크리스는 멘사가 내가 밀루로 가도록 명령한 수단이 뉴스라고 생각했다. 따라서 뉴스를 이용해 나를 이곳으로 끌어들인다는 것도 이치에 맞았다.

대단한 이론/가설은 아니었다. 그자들에게는 멘사

가 있었다. 그래서 나는 그자들이 왜 나를 원하는지 알지 못했다. 그자들은 내가 밀루에 갔었다는 걸 안 다. 내가 범죄의 증거 데이터를 잔뜩 갖고 나왔다고 의심하는 건가? 하지만 이제는 굿나잇랜더 인디펜던 트가 밀루를 갖고 있었고 바라건대 아주 열이 뻗쳐서 스스로 범죄의 증거 데이터를 찾고 있을 터였다. 그 러면 자기들 뉴스피드에서 공개적으로 그에 관해 불만을 표할 것이다. 그레이크리스가 나와 멘사를 잡아봤자 그걸 막을 수는 없었다.

하지만 그레이크리스는 인간들이었다. 인간들이 어떤 짓을 왜 하는지 누가 알겠나?

내가 이곳에 와보니 그건 더욱 명확해졌다. 나는 빠져나갈 수 있도록 확실히 해두어야 했다. 그런 생각이 떠오른 김에 내가 접속했던 보안 피드에서 상세 사양과 정보를 끄집어냈다. 그리고 나중에 작업하기 위해 표식을 달아두었다.

나는 인간과 증강인간 무리에 둘러싸여 마지막 경사로를 올라가 정거장 상점가로 들어섰다. 이 주변에는 값싼 단기 체류용 호텔도, 판매대도 없었다. 그런 여행자용 공간 없이 곧바로 여러 층으로 이루어진 비싼 가게와 사무실로 이어졌다. 대부분은 구체로, 거대한 탑에 차곡차곡 쌓여 있거나 머리 위에 떠 있었다. 피드는 영상과 광고, 지시 사항과 음악이 뒤섞인 미로였고 떠다니는 디스플레이와 거대한 폭포와 나무와 추상 예술품의 홀로그램 조각과 경쟁하고 있었다. 나는 드라마에서 이와 비슷하거나 더 멋진 광경을 본 적이 있었다. 하지만 직접 보는 건 달랐다. 내 카메라 각도는 좋지 않았고, 아무렇게나 돌아다니는 인간과 증강인간이 풍경을 방해하고 있었다.

아 그리고 다운로드, 달콤한 다운로드가 있었다. 해브라튼이나 자유무역항보다 훨씬 더 많은 엔터테인먼트 피드가 유혹하듯 허공에 떠 있었다. 나는 무작위로 몇 개를 골라 다운로드하기 시작했다. 내가 입력해둔 검색 요청 하나가 관광객이나 환승객이 아니라 거주민을 위한 정거장의 실제 색인을 찾아놓았고 나는 가만히 서서 검토할 공간이 필요했다. 나는 저층에 있는 구체 중 하나를 향해 걸어갔다.

그곳은 커다란 가게였다. 수많은 인간과 증강인간

이 들락거리고 있었다. 나는 쇼핑을 할 수 있었다. 해 본 적도(한 번) 있었다. 문제없었다.

나는 긴장을 풀고 생각에 잠겨 있는 것처럼 보이려 고 애쓰면서 경사로를 올라 입구로 들어갔다. 가게의 피드 광고에 따르면 고급 라이프 스타일 제품을 파는 곳이었다. 나는 그게 뭔지 몰랐고 피드의 설명을 봐 도 별로 도움이 되지 않았다. 몇몇 인간조차 어리둥 절한 표정으로 돌아다니고 있었다. 나는 그 인간들과 함께 가게 가운데로 어슬렁거리며 걸어갔는데 그곳 에서 인간들이 공중에 뜬 상품 디스플레이를 보고 있 는 건지, 상품에서 영감을 얻은 예술과 음악을 감상 하고 있는 건지 잘 이해가 안 갔다. 내가 기대했던 폐 쇄 부스는 아니었다. 하지만 내 검색 결과와 정거장 색인을 검토하는 동안 가만히 서서 앞만 보고 있을 이유는 충분했다.

놀랍지 않았다. 나는 회사 아이디코드를 가진 셔틀 의 정박 목록을 찾아냈다. 도착 목록에 있는 회사 코 드는 단 하나였다. 바로 보존 연합팀이 전투함에서 이곳으로 오려고 탄 셔틀이었다.

이렇게 나와 가까운 곳에 있다는 걸 알고 나니… 기분이 이상했다. 셔틀의 크기로 보건대 선내에 머물고 있을 것 같지는 않았다. 나는 항구 관리소의 시스템 보호를 세심하게 슬쩍 풀어낸 뒤 정박선 연락처 목록을 다운로드했고 그 셔틀 항목과 정거장에 있는 한 호텔의 실제 주소를 짝지을 수 있었다.

내가 항구 관리소 시스템에 침입했던 흔적을 깨끗이 지우는 동안 뉴스 검색 결과가 세 개 떴다. 하지만 자유무역항에서 나온 오래된 뉴스였다. 멘사가 어디 있는지, 무엇을 하고 있는지, 왜 사라졌는지에 대한 쓸데없는 추측만 더하고 있었다.

내 검색 요청에서는 멘사에 대한 어떤 언급도 나오지 않았다.

내게는 선택의 여지가 많지 않았다. 보존 연합에서 온 팀은 멘사의 석방을 협상하러 온 게 분명했다. 회사가 트란롤린하이파의 정박 금지 명령을 위반하게 하는 데 필요한 돈을 보존 연합이 긁어모으기 전까지는 할 수 있는 게 그것밖에 없었다. 내가 뭔가 할 수 있으려면 정보가 필요했다. 그리고 정보를 얻을 수 있을 유일한 가능성은 그자들에게 있었다.

나는 잊지 않고 인간들처럼 아무 목적 없이 어슬렁거리며 디스플레이 주위를 한 바퀴 돈 뒤 가게를 나왔다.

옛 친구를 좀 만나야 했다.

3

　호텔은 정거장 상점가 반대쪽 끝에 있는 여러 층으로 이루어진 광장 옆에 있었다. 보행자와 드론 통행량이 60퍼센트 더 적은 조용한 구역이었다. 호텔 주변 구조물은 모두 상업용 블록이나 호텔이었다. 전부 거대한 원뿔 또는 원통 모양이었는데 관습을 타파하기 위해서인지 유행에 뒤떨어진 것인지 하나만 구체였다. 정거장 측에서 거대한 홀로그램 디스플레이에 숲을 띄워 시야에서 가리려고 노력했음에도 부지를 포기하지 않고 있는 모양이었다.

　나는 다층으로 된 광장 중 하나를 가로질렀다. 여

기저기 흩어져 있는 탁자와 의자에는 인간과 증강인
간들이 혼자서 혹은 여럿이서 앉아 이야기하거나 디
스플레이에 뜬 엔터테인먼트 미디어를 보거나 피드
에서 일을 하고 있었다. 감시가 삼엄해서 나는 여기
오는 길에 만들어놓았던 새로운 코드 중 하나를 실행
했다.

나는 보안유닛과 좀 더 달라 보일 수 있는 다른 방
법에 관해서도 쭉 생각했다. (당장 떠오르는 게 뭔가 먹
거나 마시는 척하는 것이었는데 그건 까다로웠다. 해야만 하
면 할 수 있지만 그럴 수 있는 시간이 제한적이었다. 내게는
소화기관 같은 게 없어서 배출할 수 있을 때까지 폐의 일부
를 분리해서 그곳에 보관해야 했다. 그래, 듣는 것만큼 끔찍한
일이다.) 난 더 미묘하고 덜 구역질 나는 방식으로 결
정했다. 인간, 심지어는 증강인간도 피드에 말할 때
는 소리 없이 중얼거린다. 나는 그런 턱 움직임을 흉
내 낼 수 있는 코드를 급히 만들어서 백그라운드에서
돌릴 수 있게 해두었다. (턱 움직임의 원형을 만드는 데
쓸 대화는 〈거룩한 위성〉〈불의 전설〉〈내일을 향해〉에서 따왔
다.) 광장을 지나 호텔로 가는 동안 나는 어깨에 힘을

빼고 어딘가 정신이 팔린 표정을 유지했다. 그리고 광장을 지켜보고 있는 드론 중 한 대의 카메라 피드에 접속했다. 인간의 호흡 패턴과 소소한 무작위 움직임을 흉내 내게 만든 코드와 함께 작동시키니 완벽했다. 음, 내가 보기에 완벽했다는 소리다. 98퍼센트 정도 완벽하다고 치자.

보존 연합팀이 머무는 호텔에는 투명한 벽과 넓은 문이 있는 커다란 계단식 입구가 있었다. 정거장의 수송관 노선 하나가 구조물의 투명한 상층부를 통과하고 있어서 안에서 캡슐이 도착할 때마다 사람들이 내리고 타는 모습을 볼 수 있었다. (나는 고고도 드론을 통해 그 모습을 볼 수 있었다. 광장의 다른 인간들에게는 보이지 않았다.)

나는 광장에서 탁자에 앉아 있는 잠재적인 적 두 명을 확인했다.

나는 호텔 입구에서 짤막하고 웃긴 영상이 재생되는 공중부양 광고 디스플레이를 쳐다보는 인간과 증강인간 무리에 섞여 들어갔다. (몇 개는 꽤 재미있어서 영구 저장소에 저장해두었다.) 그건 호텔의 보안시스템에 침입하는 동안 가만히 서 있을 수 있는 장소가 되어 주기도 했다. 나는 필요하면 언제든지 카메라 시야에서 내 모습이 삭제되도록 라비하이랄에서 만든 코드 명령의 개선된 버전을 발동할 수 있었다.

디스플레이의 영상이 다시 처음부터 나오기 시작하자 나는 다른 인간 무리를 따라 입구를 통과했다. 자신감 있게 들릴지는 모르겠지만 아치 형태의 문에서 스캔을 당하자 내 인간 피부가 따끔거렸다. 나는 내가 어떤 가능성을 감수하고 이곳에 왔는지 알고 있었다.

로비는 의자가 있는 넓은 플랫폼이 연이어 놓여 있는 공간이었다. 로비에는 행성의 하늘을 시뮬레이션하는 거대한 바이오스피어들이 매달려 있었는데 전부 날씨가 달랐다. 표면적으로는 앉는 공간을 가려 약간의 사생활을 제공하는 게 목적이었지만 실제로는 테두리를 따라 보안시스템의 카메라와 스캐너가 들어 있었다. 카메라를 통해 내 모습을 지켜보던 나는 잠재적인 적을 네 명 더 발견했다. 모두 증강인간이었다. 한 명은 피드에 들어가 스캔 결과를 검토하고 있는 게 분명했고 나머지는 돌아다니며 눈으로 주위를 살폈다.

그자들이 그레이크리스인지 팰리세이드인지는 알수 없었다. 하지만 만약 그렇다면 호텔 측에서 그자들이 여기 있다는 걸 알았을 것이다. 나는 그자들이 나를 찾고 있는 건지 알 수 없었다. 보안용 통신 피드에는 유효한 경고가 전혀 없었다. 그자들은 후드나 모자, 스카프를 두르고 있거나 문신이나 화장, 장식이 얼굴을 가리고 있는 증강 인간을 면밀하게 관찰하고 있었다. 일반적인 유형의 증강인간이자 후드를 벗어 등에 늘어뜨린 나는 관심 어린 시선을 받지 못했다.

이래서 인간은 직접 보안을 맡으면 안 되는 것이다.

나는 체크인 플랫폼을 향해 경사로를 올랐다. 환영하는 음악과 함께 흘러나오는 방향 지시 피드와 안내에 따라 매대로 가서 거스의 선불카드로 방 하나를 잡았다.

인정한다. 그렇게 하니까 즐겁긴 했다.

나는 뒤쪽의 출구로 플랫폼을 빠져나가 포드 승강장으로 향했다. 다른 인간 다섯 명을 따라 가장 먼저 도착하는 포드에 탔다. 그건 외부로 이어지지 않는 제한된 시스템이었고 호텔 피드에 의해 신분 표식에 얽인 방이나 로비, 공용 엔터테인먼트 구역으로만 데려다주었다. 포드는 온 순서대로 우리를 각자 구역으로 데려다주었고 덕분에 나는 작동 중인 시스템을 관찰하고 코드를 복사할 기회를 얻을 수 있었다. 포드가 내 구역에 도착하자 나는 피드의 지도를 따라 내 방으로 갔다.

방은 호텔이 내 신분 표식에 달아준 인증서를 인식하고 열렸다. 바로 그 찬란한 순간 나는 내부 카메라나 음성감시시스템이 없다는 사실을 알 수 있었다. 멍청한 호텔 같으니라고. 나라면 그걸 위해 추가 요금이라도 냈을 텐데.

그래도 방은 내가 여객선에서 머물던 곳보다 더 크고 훨씬 근사했다. 이상한 점이 있는지 재빨리 살펴본 뒤 가방을 내려놓고 침대에 누웠다. (침대는 거대했다. 욕실에는 수건걸이가 하나밖에 없으면서 침대는 왜 중형에서 대형 인간을 네 명까지 넉넉히 수용할 수 있을 정도로 큰 걸까? 인간들은 수건을 함께 쓰는 걸까?) 쓸데없이 큰 침대 반대쪽 벽은 전체가 디스플레이였다. 심심하지 않으려고 나는 〈거룩한 위성〉의 에피소드 하나를 전송해서 틀고—이런 젠장, 멀리서 잡은 인간이 거의 실제 크기만 했다—일에 착수했다.

방에는 어떤 카메라 피드도 없었다. 하지만 복도에 있는 카메라가 연결 통로를 지나다니거나 로비와 식당 클럽이 있는 세 구역을 오가는 수송 포드의 인간과 증강인간들의 모습을 담고 있었다. ('클럽'이란 게 뭔지는 모르겠지만 말이다. 그곳에서 일어나는 일들은 내가 가진 어휘의 정의와 잘 맞지 않았다.) 수송관 열차가 있는 층으로 이어지는 통로도 있었다.

나는 함정이 있는지 주의하며 신중하게 시스템 속으로 침입했다. 이 시스템은 기록을 영구적으로 저장하지 않았고 대기 시간이 지나면 자료를 삭제하는 모양이었다. 내가 "모양이었다"라고 했다는 걸 기억하자. 물론 호텔도 데이터마이닝은 하고 있었다.

데이터마이닝은 공용 공간과 복도에서 이루어지는 대화에만 한정되어 있었다. 하지만 나한테 필요한 게 그거였다. 나는 지난 20주기 동안 저장된 자료를 찾아냈고 그걸 처리하는 명령어 중 하나(인간이나 봇에게 보내 검토하게 해야 할 영양가 있는 비즈니스 대화에서 지루한 부분을 분리해내는 것이었다)를 장악했다. 그리고 내가 설정한 키워드로 검색하도록 재지시했다.

8분 37초 뒤 내가 빼앗은 명령어가 상당한 양의 검색 결과를 내놓았다. 나는 시간 기록을 확보하고 명령어를 개인 금융 정보를 검색하는 원래의 일로 돌려보냈다. 시간 기록 덕분에 어떤 자료에서 카메라 감시 데이터를 찾을 수 있는지 알 수 있었다.

나는 내 임시 저장소에 공간을 만들어 첫 번째 자료를 다운로드했다. 그리고 스캔을 시작했다. 나는 모은 데이터에 좀 더 빠르고 효율적인 안면 인식 스캔을 돌리지 않고 전부 직접 확인했다. 그런 스캔은 대부분의 환경에서 안정성이 62퍼센트밖에 되지 않았다. 머저리 같은 회사 보안 일이었다면 그 정도로 충분했겠지만 나는 내 목표를 놓치고 싶지 않았다. 알고 보니 8분을 낭비할 필요 없이 그냥 시작했어도 됐을 일이었다. 첫 번째 단계에서 복도를 지나 포드 승강장으로 걸어가는 라티의 영상을 찾았던 것이다.

현재 시각으로부터 16시간 27분 전의 일이었다.

찾았다.

나는 감시 데이터를 계속 확인했다. 라티도 그렇게 했어야 했다. 아니면 적어도 주위를 좀 둘러보거나. 잠재적인 적 두 명이 라티를 따라 승강장으로 갔기 때문이다. 그 둘은 같은 포드에 타려고 하지는 않았다. 하지만 보안시스템에 접속할 수 있는 게 분명했다. 내가 로비에 있는 라티를 다시 찾았을 때 그곳에 있었기 때문이다. 둘은 호텔 저층부의 가게와 판매대로 갔다가 다시 방으로 돌아가는 라티를 따라다녔다. 이제 호텔의 어느 구역에 집중해야 하는지를 알았기 때문에 나는 다른 카메라 피드의 영상을 상당량 삭제할 수 있었다. 그리고 3분도 되지 않아 구라틴과 핀-리를 찾아냈다. 세 사람 모두 밖으로 나올 때마다 미행당하고 있었다.

이들이 여기 있다는 사실을 그레이크리스가 알 수밖에 없다는 걸 감안하면 예상하지 못한 일은 아니었다. 하지만 나는 백그라운드에서 계속 위험을 평가하고 있었다. 그리고 이게 보존 연합팀을 미끼로 나를 노리는 함정일 가능성도 있었다.

멘사가 자신의 시민과 고용인을 죽인 그레이크리스를 노리는 여러 정치적 독립체와 회사의 대표이긴 했지만 가장 중요한 증거를 기록한 건 바로 나였다. 나는 회사 보안시스템 내에서 능동적으로 그 모든 데이터를 모으고 저장하는 구성 요소였다. 만약 내가 신뢰할 수 없는 상태라거나 제 기능을 하지 못한다는 등의 사실이 드러나면 보안시스템의 데이터가 의심을 받게 되고 그건 그레이크리스에게 도움이 될 수 있었다.

또 그레이크리스가 보존 연합팀에게 멘사의 석방을 조건으로 나를 이곳으로 끌어들이라고 요구했을 가능성도 있었다. 음, 그 가능성은 진짜 재미없었다.

나는 라티의 영상을 살펴보았다. 하지만 자동 시스템이 라티를 확대할 이유는 없어서 제대로 판단하기에는 해상도가 좋지 않았다. 나는 탐사 임무 시에 내가 기록한 영상을 몇 개 돌려보았다. 라티가 긴 하루를 보내고 지쳐서 걸어가는 모습, 아라다, 오버스와 함께 걸으며 대화에 푹 빠진 모습, 웃으면서 핀-리가 던진 쿠션을 막는 척하는 모습, 탈출하려고 미친 듯이 호퍼에 올라타는 모습.

나는 라티가 이 호텔이 마치 감옥인 것처럼 걸었다고 말하고 싶었지만 확신할 수 없었다. 진짜 인간은 드라마에서처럼 행동하지 않는다.

그냥 두고 보는 수밖에 없었다. (그렇다. 그건 고통스럽고 힘들었다.)

감시는 흥미로운 문제였다. 하지만 해결 불가능하지는 않았다. 호텔은 로비를 제외한 모든 곳에 자체 보안 피드가 있었고 여기에 접속하려면 추가 요금을 내야 했다. 호텔은 이 피드 사용을 늘리려고 공용 피드를 느리게 만들고 있었다. 이는 보안시스템이 이미 피드 접속을 재전송하는 코드를 설치해두었다는 뜻이었다. 내게는 편리한 일이었다. 나는 돌아가고 있는 여러 피드에 경보를 몇 개 설정해두고 거대한 디스플레이로 어떤 드라마를 볼지 고르기 시작했다. 물론 정말로 마음먹고 새로운 코드를 짜야 했기 때문에 전에 봤던 옛날 드라마 중에서 좋아하는 것만 고르긴 했지만. 운이 좋다면 새 코드가 필요하지 않을 터였다. 하지만… 인정하자. 아마 필요할 것이다.

5시간 17분 뒤 핀-리와 라티, 구라틴이 방을 나와 포드 승강장으로 향했다. 이들이 방을 나온 뒤 23초 만에 같은 구역에서 어떤 문 하나가 열렸다 닫힌 기록이 시스템에 등록됐다. 적 두 명이 방을 나와 보존 연합팀을 미행했다. 나는 그 둘이 명령을 받고 보고하는 데 사용하는 피드 스트림에 재전송 설정을 할 수 있었다.

나는 기다리면서 보존 연합팀이 단순히 식당이나 엔터테인먼트 구역으로 가는 건지 확인했다. 호텔 밖에서 접근하는 게 안전할 터였다. (누구에게나 그랬지만 나는 특히 더 그랬다.)

적 두 명이 명령을 받는 데 쓰는 피드 스트림을 확인하고 내 재전송 설정이 먹혔음을 확인했다. 그 둘은 당황한 채 포드 승강장에 서서 관리자의 진행 신호를 기다리고 있었다. 내가 재전송 설정을 해두어서 진행 신호가 다른 구역의 청소봇에게 간 것이다. 그 설정은 2분 뒤에 만료되어 자체 삭제하도록 되어 있었으니 호텔이 피드를 느리게 해놓아서 생긴 오류처럼 보일 터였다.

보존 연합팀은 포드를 타고 로비로 가서 정면 입구
를 통해 밖으로 나갔다. 나는 억지로 거대한 디스플
레이를 끈 뒤 침대를 벗어났다.

일하러 갈 시간이었다.

* * *

돌아오지 못할 가능성이 있었기 때문에 나는 가방
을 챙겨 나갔다. (그렇다. 그 디스플레이가 그리울 것이다.)
발사체 무기도 갖고 있었다. 장갑복을 뚫는 화력이
언제 필요하게 될지 아무도 모르는 법이다. (그리고 내
오른손으로 가방끈을 붙잡고 있을 수도 있었는데 덕분에 오른
팔에 할 일이 생기는 셈이었다. 인간들이 수시로 어떻게 생각
해서 팔을 움직이는지 나는 여전히 짐작도 가지 않았다.)

나는 광장에서 핀-리와 라티, 구라틴을 따라잡았
다. 그 뒤를 쫓은 적의 흔적은 없었다. 그레이크리스
가 자신들을 감시하고 있다는 걸 보존 연합팀이 알고
있는지는 모르겠지만 라티의 어깨는 약간 뻣뻣해 보

였다. 평소 걷는 모습이 아니었다. 이윽고 셋은 2층 대합실을 향해 계단을 올랐고 구라틴이 전혀 수상하지 않고 의미 없는 동작이라고 여기는 듯한 몸짓으로 뒤를 흘긋 돌아보았다. 그래, 저들도 알고 있었다.

구라틴은 나를 알아보지 못했다. 드론 카메라를 이용해 추적하고 있었으므로 나는 정원과 판매대 구역을 통과하는 플랫폼 아래쪽의 다른 경로를 따라 광장을 지나갔다.

광장을 지나가면서 구라틴이 핀-리에게 뭐라고 이야기하더니 다들 속도를 조금 높여 반대쪽에 있는 쇼핑 구역으로 향했다. 그곳은 뒤에서 쫓아오는 눈을 피할 수 있는 좋은 장소였다. 덕분에 나는 그 세 명을 추적하는 게 더 어려워지도록 보안카메라를 슬쩍 조절할 시간도 벌었다. 지금쯤 그레이크리스 보안팀이 셋을 놓쳤다는 사실을 깨달았을 테고 나는 다시 찾아내지 못하도록 확실히 해두고 싶었다. 그레이크리스가 공공장소의 보안 영상에 접근할 수 있도록 정거장을 매수했는지는 알지 못했지만 나중에 후회하는 것보다는 안전한 편이 나았다.

핀-리가 다른 두 명을 이끌고 복잡한 경로로 쇼핑 구역을 통과했다. 여러 가게와 광장을 통과해 지나가 더니 다른 원뿔 모양 호텔 옆에 있는 개방형 정원의 휴식 공간에서 멈췄다. 노력이 가상했다. 서로 다른 사설 보안 관할 구역과 사설 피드 영역 여섯 개를 통 과했는데 드론이나 보안카메라를 이용해 뒤를 쫓는 추적자를 따돌리기에 좋은 방법이었다. 물론 나를 따 돌리지는 못했다. 하지만 평범한(그러니까 인간인) 감 시자를 따돌리는 데는 훌륭한 방법이었다. 그리고 휴 식 공간은 폭포수 커튼으로 둘러싸여 있어서 주변의 광장과 보행로에서는 안이 보이지 않았다.

나는 입구 밖에서 걸음을 멈추고 피드에 무슨 예술 작품인 양 꾸며낸 상품의 영상을 쏘아 보내고 있는 가게 옆의 작은 인간 무리 속으로 들어갔다. 호텔의 보안카메라를 통해 나는 핀-리와 구라틴이 잠시 말다 툼하는 모습을 지켜보았다. 라티가 말렸지만 결국 구 라틴과 라티는 한 탁자에 자리를 잡고 핀-리는 호텔 로비 옆에 있는 상가 공간으로 걸어가버렸다.

나도 안다. 지금쯤이면 내가 접촉을 할 수도 있을

것이다. 피드에 안전한 회선을 만들거나 아니면 그냥 걸어가서 인사하거나. 단지… 확신이 서지 않았다.

그래, 난 무서웠다. 아니면 불안했거나. 불안하고 무서웠다.

저들이 과거의 내 친구… 같은 인간인가? 내 고객인가? 내 전 소유주다. 법적으로 그건 멘사 박사 한 명뿐이었지만. 저들이 나를 보면 도와달라고 소리를 지르며 보안 요원들에게 알릴까?

라티와 핀-리와도 이렇게 어렵다면(구라틴은 한 번도 나를 좋아한 적이 없었다. 그리고 그 반대도 마찬가지였다.) 멘사와는 어떨까? 물론 거기까지 간다고 했을 때 얘기지만.

나는 저들을 믿어도 되는지 몰랐다. 믿고 싶었다. 하지만 나는 원하는 게 많았다. 자유, 무제한 다운로드, 〈드라마 선 아일랜드〉의 새로운 에피소드. 이 중 대부분은 내가 얻지 못할 것이었다.

나는 정원의 휴식 공간을 지나갔다. 여긴 37퍼센트 밖에 차 있지 않았지만 라티와 구라틴은 나를 알아보지 못했다. 나는 지나가면서 두 사람을 스캔했고 구라틴의 증강물을 포착했지만 무기가 있다는 에너지 신호는 찾지 못했다. 라티가 눈을 문지르더니 한숨을 쉬었다. 구라틴의 굳은 입은 사실 약간의 당황스러움을 드러내고 있었다.

나는 열린 문을 지나 상가 공간으로 들어갔다. 으레 있는 자판기는 부족했지만 여객선 운행, 정거장 부동산, 이 항성계의 행성 부동산 등 다양한 사무를 볼 수 있는 매대는 많았고 은행과 보안 회사도 다수 있었다. (기업 고객과만 거래하는 팰리세이드는 없었다.) 이 구역의 보안은 튼튼했지만 나는 안면 인식 스캔을 감지할 수 없었다. 피드는 꽉 막혀 있었고 사설이었다. 그 호텔에 등록되어 있지 않은 인간이나 증강인간은 돈을 내고 사용해야 했다. 보안은 온통 도난 방지에 집중하고 있었다. 그 공간 반대쪽 끝에는 운송 플랫폼으로 가는 접근로가 있었다. 수송관이 아니라 '운송구'라는 것으로 이어졌다.

나는 현지 보안 회사의 매대에 서 있는 핀-리를 발견했다. 표정은 험상궂었지만 아직 접속 영역에 손을 댄 상태는 아니었다. 나는 핀-리의 몸짓, 특히 고개를 들고 있는 모습에서 긴장감을 읽을 수 있었다. 여기에 뭘 하려고 온 건지는 모르겠지만 하고 싶어서 하는 일이 아니었다.

그때 문득 떠올랐다. 계약을 맺고 일할 때 그 많은 사이클에 걸쳐 지켜본 결과 내가 핀-리의 판단을 신뢰하게 되었다는 것을. 만약 핀-리가 하고 싶지 않다고 하면 아마도 그럴 만한 이유가 있는 것이다. 나는 핀-리와 이야기해야 했다. 다른 선택을 할 수 있게 해줘야 했다.

다른 두 명 중 하나였다면 다른 식으로 접근했을지도 모르겠지만 핀-리에게는 그냥 다가가서 말했다.

"안녕하세요."

핀-리는 나를 보는 둥 마는 둥 했다. 관심 없다는 표정이었다. 그러다가 다시 한번 쳐다보더니 이마를 찡그리며 뭔가 말을 하려다 입을 다물었다. 아직 확신이 없는 모양이었다. 내가 말했다.

"우리 자유무역항에서 만났었지요." 나는 나도 모르게 덧붙였다. "저는 화물 상자 안에 있었고요."

핀-리의 눈이 커졌다가 다시 가늘어졌다. 뻣뻣해진

어깨를 억지로 늘어뜨렸다. 주위를 둘러보는 실수는 하지 않았다. 핀-리는 얼굴에 미소를 띠고는 악문 이 사이로 말했다.

"뭐가— 어떻게—"

"친구를 찾아서 왔어요." 내가 말했다. "운송구에 타시겠습니까?"

보통 각 지역에 있는 대량 운송 수단은 혹시 있을 지 모르는 감시와 보안 검색에서 벗어나기 쉬웠다. (그래, 원래 반대가 되는 게 맞다. 뭐, 여러분이 알 바는 아니겠지.)

핀-리는 머뭇거리다가 억지로 더 크게 웃었다. 그건 가짜였고 화가 난 것처럼 보였지만 중요한 건 생각이었다.

"물론."

우리는 그곳을 가로질러 정거장으로 가는 경사로를 따라 걸었다. 광고 피드가 튀어나오면서 운송구란 푹신한 의자가 있는 컵 모양의 부양 플랫폼으로 투명한 반구로 덮여 있어 인간들이 아무리 노력해도 밖으로 떨어지지 않게 되어 있다고 설명했다. (광고에서 이런 식으로 설명한 건 아니다.) 운송구는 정해진 경로를 따라 상업 구획 위를 떠다녔고 수송관보다 훨씬 느렸다. 그래서 대개 관광용으로 쓰였다. 게다가 어색한 대화를 나누기에 편리해 보였다.

정거장에는 방금 도착한 운송구에서 나오는 인간 몇 명밖에 없었다. 우리는 첫 번째 칸으로 걸어갔고 내가 다른 선불카드로 비용을 지불했다. 우와, 그건 마지막으로 묵은 단기 체류용 호스텔의 세 배 가격이었다. 내가 음식을 먹지 않아서 다행이었다.

핀-리가 먼저 올라탔다. 나를 보는 눈빛을 신중한 경계심으로 해석하고 싶었지만 어쩌면 아닐 수도 있었다. 나는 건너편 의자에 앉아서 이 구획의 쇼핑파크를 위에서 둘러보는 관광 옵션을 골랐다. 문이 닫히고 운송구가 떠올라 호텔 위를 지나가는 다른 구의 행렬에 끼어들었다.

운송구에는 카메라 피드가 있었다. 하지만 특정 단어와 소리, 동작에 경보를 울리는 종류였다. 아마도 묻지마살인을 줄이려는 목적으로만 있는 것 같았다. 나는 그 카메라의 오디오 피드를 차단하고 말했다.

"안전합니다."

핀-리가 나를 노려보았다.

"넌 그냥 가버렸어."

어째서인지 나는 그 말을 예상하지 못하고 있었다. 내가 말했다.

"멘사가 저는 하고 싶은 일을 하는 법을 배울 수 있다고 말했습니다. 저는 떠나는 법을 배웠습니다."

"뭘 원하는지 말해줄 수도 있었잖아. 우리는, 멘사는, 우리는 걱정했단 말이야."

나는 시선은 핀-리 뒤쪽에 있는 풍경을 향한 채 운송구의 카메라로 핀-리의 얼굴을 살펴보았다. 핀-리는 입을 굳게 다물고 입 밖으로 나오려는 말을 참고 있었다. 이윽고 핀-리가 마음을 가다듬고 말을 이었다.

"네가 멘사에게 보낸 작별 메시지를 봤어. 우리가 상황을 온통 망쳐버렸다는 걸 멘사가 모르는 것도 아니었잖아."

감정이 치고 올라오고 있었다. 나는 그게 싫었다. 엔터테인먼트 미디어에서 드라마를 보고 안전하고 편안하게 감정을 느끼는 편이 나았다. 실제 현실 속 인간이 말하거나 행동한 것에 감정을 느끼는 건 트란롤린하이파로 오는 일 같은 멍청한 결정으로 이어질 뿐이었다. 그리고 이들이 상황을 온통 망쳐버린 건 아니었다. 일부분은 망쳤다고 할 수 있지만. 하지만 나 역시 어찌해야 할지 알았던 건 아니었다.

"그 이야기는 하고 싶지 않습니다."

핀-리가 한숨을 쉬었다. 피곤하지만 화가 담겨 있는 한숨이었다. 핀-리는 손가락으로 이마를 꾹꾹 눌렀다. 나는 있지도 않은 의료시스템을 깨워 진단을 요청하고 싶은 충동을 억눌렀다. 핀-리가 말했다.

"그래서 도대체 어딜 갔던 거야? 그리고 여기서는 뭘 하는 거야?" 핀-리가 조심스럽게 머뭇거렸다. "누구와 계약하고 일하는 중이야?"

내가 떠난 핵심적인 이유가 그거였는데.

"멘사의 소유물이면 멘사를 위해 일하는 것이겠고 자유로운 존재라면 자신을 위해 일하는 것이겠지요."

노려보는 강도가 높아졌다.

"좋아. 그러면 무슨 일을 하려고 너 자신을 고용한

건데?"

홍미로운 표현이었다. 마음에 들었다. 그리고 이런 인간, 내가 무엇인지 아는 인간과 이야기하려니 굉장히 느낌이 이상했다. 내 표정이 정상적일지 걱정하며 억지로 핀-리의 얼굴을 쳐다볼 필요가 없었다. 아베네는 내가 보안유닛이라는 사실을 알았지만 내가 나라는 건 알지 못했다.

"여행을 다녔습니다. 그러다 멘사가 실종이라는 뉴스를 보았고요. 속임수에 빠져서 여기에 온 겁니까, 아니면 납치당한 겁니까?"

핀-리의 눈이 가늘어졌다. 하지만 이번에는 추측을 하느라 그런 쪽에 가까웠다.

"네가 정말로 그냥 드라마나 보면서 돌아다니고 있었을 리가. 우리는 그레이크리스가 너를 잡을까 봐 걱정했다고. 하지만 계속 너를 증거로 제출하라고 요구하더라. 그놈들이 너를 잡았으면 좋아라 하면서 우리한테 홀렸을 것 같았지."

"저는 드라마를 많이 보면서 돌아다녔습니다."

나는 기다렸다. 핀-리는 언제나 상대하기 까다로웠

다. 경계심을 낮추게 하려면 시간이 필요했다. 다른 인간들처럼 나는 수백 시간에 달하는 핀-리의 음성과 영상을 저장하고 있었다. 굳이 그걸 재검토하지 않아도 멘사에 대한 걱정과 다른 이들의 목숨에 대한 책임감 때문에 핀-리가 불안하고 신경이 곤두서 있다는 사실을 알 수 있었다.

마침내 핀-리가 입을 열었다.

"그러니까 우리를 도와주러 온 거구나. 내가 널 믿어야 하는 이유는 뭐지? 네가 우리를 믿지 않는 게 분명한데 말이야."

내가 질문에 대답할 수 있었다면 아마 훨씬 더 순조로웠을 것이다. 나는 그들을 믿지 않았다. 어떤 점에 관해서는. 그들이 날 믿어야 하는 이유를 난 알 수 없었다.

"제가 회사의 전투함에서 상황 보고서를 빼냈습니다. 정거장 측이 정박 금지 명령을 철회하지 않는 한 그들은 여러분을 돕지 않을 겁니다. 당신이 알아서 해야 합니다. 아니면 라티와 구라틴을 데리고 알아서 해야 한다고 할 수 있습니다. 그쪽이 더 안 좋겠지만

요."

핀-리가 인상을 썼다.

"네가 얼마나 개자식인지 잊고 있었네."

음, 그렇지. 내가 말했다.

"계획을 세우려면 정보가 필요합니다."

핀-리는 풍경을 바라보았다. 그러나 우리가 지나가고 있는 첨탑 주위를 빙글빙글 도는 광고 디스플레이가 번쩍거리는 모습을 보고 살짝 움츠렸다.

"그놈들은 델타폴 대표단과 회의를 한 뒤에 멘사를 자유무역항에서 데리고 나갔어. 유족 몇 명이 유품을 받으러 직접 거기까지 왔었지. 사람이 아주 많았어. 분위기도 안 좋았고. 그 뒤에 멘사가 잠깐 떨어져 나왔는데 사라져버렸어. 보안카메라가 그놈들이 멘사를 납치한 순간을 포착했지만 그때는 이미 멘사를 데리고 정거장을 떠난 뒤였어. 보존 연합의 우리 외교단에게 도움을 좀 받아서 회사에 이게 그쪽 잘못이라고, 우리 탐사팀 보증에 완전히 실패했으니 우리에게 빚지고 있는 거라고 납득을 시켰어. 그리고 그레이크리스는 보존 연합에게 소송을 취하하고 공개적으로 그 내용을 발표하라고 요구했어. 우리는 그렇게 했지. 그리고 지금은 몸값을 협상하러 여기에 온 거야." 핀-리의 표정이 굳었다. "보존 연합에서 사람들이 자산을 모으고 있지만 지금 당장은 그자들이 요구하는 액수에 턱없이 못 미쳐."

그러니까 내가 옳았다. 그레이크리스는 돈이 필요했다.

"회사 계약은 전혀 도움이 안 됩니까?"

"트란롤린하이파가 정박을 거부한 뒤로는 전혀. 만약의 경우에 대비해 멘사가 구입한 안전장치 인터페이스 임플란트의 키를 우리에게 주긴 했는데 구라틴 말로는 막혀 있대. 멘사가 우리 위쪽의 고리 어딘가에, 메인 정거장 보안 장벽 너머에 있어서 신호가 약해졌다네."

"지금 갖고 있습니까?"

내가 물었다. 구라틴에게는 막혀 있을지 몰라도 내게는 아닐 수 있었다.

핀-리가 재킷 안주머니를 열고 키를 건네주었다. 피드 접속이 가능한 메모리 클립 같은 모양이었다.

나는 주소 정보를 다운로드해 1분 43초 동안 멘사의 임플란트에 접속하려고 시도했다. 음, 내게도 정말 막혀 있었다.

"메인 정거장 보안 장벽에 대해 구라틴이 한 말이 맞을지도 모릅니다."

인정하기는 싫었지만.

핀-리가 실망하며 축 늘어졌다.

"몸값을 모을 시간이 별로 없어. 난 우리를 도와줄 이 지역 보안 회사를 고용하고 내가 고른 회사가 그레이크리스에게 매수당하지 않은 곳이길 바랐어." 핀-리가 다시 창에서 시선을 돌려 나를 바라보았다. "매수 이야기를 해서 말인데 회사가 양쪽으로 수작을 부리는 건 아니겠지?"

나는 핀-리가 이미 그런 생각을 했고 현실을 부정하지 않는다는 게 기뻤다.

"95퍼센트의 가능성이 있습니다."

내가 핀-리에게 말했다. 회사는 사악한 자판기 같은 존재였다. 돈을 넣으면 원하는 대로 해준다. 다른 누군가가 돈을 더 많이 넣고 그만두라고 하지 않는 이상. 이 시점에서 그레이크리스의 가장 좋은 선택은 가능한 한 돈을 많이 쏟아붓는 것이다.

핀-리가 신음하며 얼굴을 문질렀다.

"네가 여기 있어서 기쁠 지경이야."

4

우리가 탄 운송구가 정거장으로 돌아오자 나는 호텔의 무인 판매기로 가서 방을 잡았고 핀-리는 일행을 데리러 갔다. 은밀한 공간에서 다 같이 이야기해야 한다는 게 핀-리의 생각이었다. 나도 비슷했다. (정원의 휴식 공간에서 피드를 이용해 할 수도 있었지만 인간들이 팔을 휘두르며 시선을 끌지 않을 거란 확신이 없었다.)

나는 포드를 타고 방으로 갔다. 당연히 방 안에는 보안 피드가 없었다. 일단 방 안에서는 사생활을 보장한다며 인간들을 꼬드긴 뒤 공용 구역에서 녹음하려고 하는 멍청한 호텔 덕분이었다. 이 호텔은 저번 호텔보다 덜 비쌌지만 깔끔함 지수는 대강 비슷했다. 그리고 피드는 꽉 막혀 있었다. 물론 어떻게 에둘러 갈지를 안다면 이야기가 다르지만.

방은 훨씬 더 실용적이었다. 보통 크기의 침대를 접어서 벽 속에 넣으면 의자가 놓인 여분의 공간이 남았고 디스플레이는 벽 전체가 아니라 4분의 1만 차지했다. 그리고 욕실에는 수건을 놓을 공간이 더 많았다. 보안유닛은 근무 중일 때건 아닐 때건 절대 앉거나 인간용 가구를 사용할 수 없게 되어 있었다. 그래서 나는 의자에 앉아서 탁자 위에 발을 올려놓았다. 그리고 곧 다시 발을 탁자 아래로 내려놓았다. 편안하지 않았기 때문이다. 나는 기다리는 동안 심심풀이로 호텔의 보안시스템에 침입했다.

방의 피드가 문 앞에 인간들이 와 있다고 신호를 보내자 나는 문을 열라고 했다. 나는 가능한 한 아무렇지도 않은 자세를 취하고 있었고 디스플레이에는 〈거룩한 위성〉이 떠 있었다. (방을 잡을 때 실내에서는 사생활을 완벽하게 보증한다고 했지만 사실 호텔이 방 안을 감시하고 있을까 봐 의심스러워서 드라마 소리를 방해용으로 쓰고 있었다.)

핀-리가 다른 두 명을 팔꿈치로 밀어 들어오게 한
뒤 문을 닫았다. 이미 말을 한 건 분명했다. 라티가
씩 웃고 있었기 때문이다. 라티가 말했다.

"좋아 보이는데! 뭘 하고 다닌 거야?"

내가 해석하기에 구라틴은 섬뜩한 표정이었다. 나
도 아직 당신을 좋아하지 않아.

"라티, 나중에." 핀-리가 말하고는 둘을 지나 다른
안락의자에 털썩 앉았다. "보안유닛은 스스로 원하지
않는 한 어디 있었는지 무엇을 하고 있었는지 우리에
게 말할 필요가 없어. 우리는 멘사를 풀어줄 방법에
집중해야 해."

예상치 못했던 말이어서 내가 디스플레이를 보고
있는 게 다행이었다. 카메라가 없어서 이 상황이 적
어도 내게는 어색해질 터였다. 벽 위쪽에 있는 반사
재질의 장식을 통해 모두를 어느 정도 볼 수 있었지
만 그건 부적절한 일이었다.

구라틴이 숨을 한 번 쉬고 뭐라고 말하려는 참에
핀-리가 손으로 가리켰다.

"만약 그 얘기를 할 거라면—"

구라틴은 얼굴을 찡그리며 항복한다는 듯이 두 손을 들었다.

"알았어. 안 할게. 그냥 보안유닛이 어떻게 도움이 될지 몰라서 하는 소리야. 몸값이 없으면 멘사를 풀어주지 않을 거라고. 그리고 우리는 몸값이 없고."

라티가 내게 말했다.

"회사의 우리 연락책 말로는 아마 위쪽 고리에 있는 그레이크리스 본사에 멘사를 잡아두고 있을 거래. 메인 정거장 보안 장벽을 지나야 있는데 방문객은 허가가 나지 않아. 이제 네가 있으니까 말인데 우리가 멘사를 빼내서 탈출할 수 있을까?"

그건 멍청한 생각이었다. 그래서 곧바로 생각을 접게 만들어야 했다. 나는 이미 우리 넷이서 사용할 개인 피드를 확보해두었고 내가 주석을 달아놓은 정거장 지도를 피드로 보냈다.

"문제는 그레이크리스의 본사가 위쪽 고리에 있다는 게 아닙니다."

나는 그 이미지를 방의 디스플레이로 보낸 뒤 축소

하고 이곳에서 그곳까지의 경로를 그려 보였다. 보안 체크포인트를 전부 밝게 표시하고 정거장 시민 아이디가 없으면 누구도 들어오지 못하게 막는 곳에는 주석을 달았다. 전부 다였다.

"문제는 우리가 중립적인 트란롤린하이파의 보안 통제를 받는 영역을 벗어나 그레이크리스의 기업 관할 구역으로 들어가게 된다는 겁니다."

내 데이터포트가 기능을 하지 않아서 나를 제어할 수 없게 된 지금 나는 놈들이 내게 무슨 짓을 할지 알 수 없었다. 방법은 아주 많았다. 내가 기능을 멈출 때까지 그냥 쏘아대는 짓이나 그자들에게는 합리적이고 실용적으로 보이지만 내게는 고문과 같은 여러 가지 다른 짓 등등. 어쨌든 기본적으로 붙잡히는 건 좋은 생각이 아니었다.

"이 아래쪽 고리에서는 그레이크리스가 무슨 작전을 펼칠 때마다 트란롤린하이파와 그곳에 관할 구역이 있는 다른 사설 보안 서비스 혹은 독립체와 협상하고 그들을 매수해야 합니다. 그러면 우리에게 살짝 유리해집니다."

"아." 라티가 실망하며 의자에 몸을 묻었다. "보증 회사 전투함의 도움을 받아도? 내 말은 회사가 정거장에 내리지 못한다는 트란롤린하이파의 지시를 어기지 않겠다고 말은 했지만 그래도 거기 버티고 있긴 하잖아. 무기도 크고…"

솔직히 나는 그자들이 계속 거기 있기를 바랐다. 내가 말했다.

"만약 여러분을 사라지게 할 수 없다면 그레이크리스는 시간을 끌려고 할 겁니다. 아마 회사를 매수하려고 돈을 끌어모으고 있겠지요. 전투함이 여기 있는 건 자유무역항에서 회사가 그쪽 대표단과 협상하고 있는 동안 그레이크리스에게 압력을 가하기 위해서이기도 합니다. 그레이크리스가 멘사의 귀환을 대가로 요구한 몸값은 아마 매수 비용의 일부로 곧바로 회사로 들어갈 겁니다."

라티의 표정에 충격이 그대로 나타났다. 핀-리는 절망스럽게 한숨을 내쉬며 말했다.

"보존 연합의 우리 외교단도 그렇게 생각하고 있어."

라티가 핀-리에게 말했다.

"우리한테는 그런 얘기 안 했잖아!"

구라틴이 팔짱을 꼈다.

"난 알고 있었어."

그 말은 듣고서 그냥 흘릴 수 없었다. 나는 가능한 한 의심스러운 표정으로 구라틴을 쳐다보았다. 놀랍게도 효과가 있었다. 구라틴이 인정했다.

"짐작했다는 거야."

핀-리가 라티에게 물었다.

"알고 싶었어? 나는 그레이크리스가 매수 협상을 마치기 전에 멘사를 구해서 빠져나가길 바라고 있었다고."

라티가 신음했다.

"아니, 알고 싶지 않았어. 만약 우리가 여기 있는 동안에 그레이크리스가 회사와 거래를 하면 멘사랑 우리는 어떻게 되지?"

핀-리는 도리가 없다는 듯이 손을 들어 보였고 구라틴은 더 언짢은 표정을 지었다. 구라틴이 말했다.

"추측해봐."

내가 말했다.

"그레이크리스가 매수 비용을 대지 못할 가능성도 있습니다."

그자들은 밀루에 관한 이야기가 더 많이 새어 나가기 전에 외계인 유물과 기묘한 합성물 수집품을 팔아 넘기려고 필사적으로 노력하고 있을지도 몰랐다. 외계인의 물질을 보유하는 건 기업형 정치적 독립체의 금기 사항이었으므로 그레이크리스는 아무도 모르게 거래할 수밖에 없었다. 보증 회사는 추적의 가능성이 있는 한 외계인 유물을 비용으로 받지 않을 터였다. 그리고 지금은 추적 가능성이 없지 않았다. 즉 그레이크리스는 그만큼 더 절박했다.

나는 가능한 시나리오를 머릿속으로 돌려보고 있었다. 그러면 인간들이 멍청한 제안을 하는 소리도 듣지 않을 수 있었다. (그런 소리를 싫어하는 건 아니다. 성가시면서도 어딘가 편안하고 익숙한 소리다.)

"그건 까다로울 겁니다."

내가 말했다. '까다롭다'는 건 실패해서 죽을 가능성이 평균 85퍼센트라는 소리였다. 지난번에 점검했을 때 내 위험 평가 모듈이 시원찮다고 나오지만 않았어도 그보다 더 수치가 높았을 것이다. (안다. 그래서 내가 이렇다.)

"회사가 멘사에게 심은 임플란트로 제가 위치를 추적할 수 있도록 그자들이 멘사를 메인 정거장 보안 장벽 밖으로 데리고 나오게 할 방법을 찾아야 합니다."

나는 그자들의 메시지 시스템을 해킹하자고 할 생각이었다. 물론 그 시스템에 어떻게 침입할 수 있을지는 전혀 몰랐지만. 혹은 그게 성공한다고 해도 아마 요주의 포로를 이송하는 데는 답할 수 없는 질문을 던질지도 모르는 인간이나 증강인간 감독관의 허가가 필요할 터였다. 하지만 핀-리는 라티와 구라텐을 향해 말했다.

"그쪽에 몸값을 준다고 하고서 이런 호텔에서 교환하자고 약속을 잡을 수 있어."

라티가 생각에 잠겨 천천히 고개를 끄덕였다.

"하지만 그 사람들이 우리 재정에 관해 얼마나 알까? 그게 거짓말이라는 걸 알까?"

핀-리가 갑자기 손짓하며 말했다.

"그 사람들한테 선불카드를 보여줄 필요는 없어."

구라틴이 몸을 앞으로 숙였다.

"내가 보존 연합의 외부 자산 일부를 보여주는 그럴듯한 피드 문서를 만들 수 있어. 그 자산이 아직 현금화가 안 된다는 건 굳이 알려줄 필요 없지. 일단 만나기로 한 장소에 멘사를 데리고 나오게만 하면—"

형편없는 계획은 아니었다. 아마 형편없는 계획 10등 안에 들어가지도 않을 것 같았다. 내가 말했다.

"멘사를 만나는 장소까지 오게 할 필요도 없습니다. 제가 찾을 수 있도록 멘사를 보안 장벽 밖으로 데리고 나오게만 하면 됩니다."

구라틴이 나를 보며 말했다.

"그렇게 되면 네가 멘사를 빼낼 수 있어? 경비원이 아무리 많아도?"

나는 구라틴의 재수 없는 표정이 자신도 어찌할 수 없는 선천적인 특징이라는 생각이 들기 시작했다. 내가 말했다.

"경비원이 많으면 더 좋습니다."

구라틴이 눈썹을 추켜세웠다.

"그 사람들을 죽일 거야?"

아까 한 말은 잊으시길. 구라틴의 재수 없는 표정은 구라틴이 재수 없는 놈이어서 나오는 것이다.

나는 거짓말을 할 수도 있었다. '아닙니다. 죽이지 않을 겁니다. 전 착한 보안유닛이거든요'라고 말할 수도 있었다. 그렇게 혹은 좀 더 믿을 만한 소리를 하려고 했다. 그 대신 내 입에서 나온 말은 이랬다.

"그래야 한다면요."

잠시 침묵이 감돌았다. 핀-리는 입술을 깨문 채 아무 말도 하지 않았다. 하지만 나는 내 영상 자료에 있는 핀-리의 헌신적인 표정을 알아볼 수 있었다. 호퍼를 타고 가던 도중 위성 연결이 끊어진 상태에서 핀-리가 델타폴을 향해 계속 가자는 데 한 표를 던졌을 때의 일이었다. 갈팡질팡하는 라티의 얼굴은 볼 만했다. 구라틴은 그냥 이렇게 말했다.

"네가 직접 연락할 자격이 있다고 생각하는군."

내가 말했다.

"저는 보안 전문가입니다. 당신들은 잘못된 장소로

걸어 들어가서 성난 짐승에게 공격받는 인간이고요. 저는 생존 가능성이 9퍼센트도 안 되는 상황에서 고객을 산 채로 구출해낸 적이 있습니다. 저는 자격이 있고도 남습니다."

구라틴이 천천히 의자에 등을 기댔다. 나는 일어섰다.

"로비에서 기다리겠습니다. 결정하면 연락하세요."

핀-리가 손을 들었다.

"잠깐, 우리는 결정했어." 그리고 라티를 쳐다보았다. "그렇지?"

라티가 결심을 굳힌 표정으로 말했다.

"맞아. 상대는 그레이크리스라고. 그놈들은 할 수만 있다면 멘사는 물론 우리까지 죽일 거야."

구라틴이 말했다.

"우리는 동의했어."

나는 이미 일어서고 있었다. 내가 말했다.

"그래도 로비로 가 있겠습니다."

그리고 방을 나섰다.

* * *

    나는 뚱해 있는 것도, 숨어 있는 것도 아니었다. 로비가 전략적으로 더 나은 위치였다.

    이 로비는 여러 층에 걸쳐 있었고 서로 다른 생태계를 표현하는 넓은 정사각형 바이오존을 중심으로 그 주변에 가구가 놓여 있었다. 근사해 보였다. 인간들이 둘러앉아 호텔의 꽉 막힌 피드로 사적인 정보 이야기를 하게 한 뒤 그걸 기록해서 가장 많은 돈을 내는 곳에 팔아넘기는 것이다. 나는 상층 광장의 입구와 통행용 로비도 감시하고 있었다.

    나는 가스행성의 폭풍을 보여주고 있는 바이오존 하나가 다른 자리에서 내가 보이지 않게 가려주는 자리를 찾았다.

    피드에서는 인간들이 '사실 아주 형편없지만은 않은 작전'이라고 내가 명명한 작전의 몇몇 세부 계획을 짜고 있었다.

    나는 핀-리에게 이곳을 만날 장소로 정해야 한다는 쪽지를 보냈다. 그들이 머무는 호텔에는 이미 그레이크리스가 버글거렸고 지금까지 이 호텔은 안전했기 때문이다. 핀-리가 쪽지를 다른 이들에게 전달했고 다들 동의했다. 심지어는 쓰던 방에서 가지고 올 물건도 없었다. (단출하게 위생용품 몇 개와 핀-리의 약, 구라틴의 특수 도구 키트, 운 좋게 라티가 가져온 여분의 인터페이스 정도였고 전부 구라틴이 어깨에 메고 다니는 가방 안에 들어 있었다.)

(내가 인간들의 물건에 신경을 쓸 필요가 없다는 게 참 이상하다는 생각이 들었다. 평생 인간들의 거주지에서 인간들의 물건을 짊어지고 다니거나/넘어서 지나가거나/기어올라 다녔던 느낌인데. 아마도 실제로 그랬기 때문이었을 것이다.)

다시 한번 말하지만 우리 상황을 고려할 때 그건 나쁜 계획이 아니었다. 타이밍을 맞추기는 빡빡할 것이다. 나는 그레이크리스가 멘사를 데리고 약속 장소로 나올 때 어느 경로를 이용할지 알 수 없었다. 호텔 보안카메라의 범위 안으로 들어올 때까지 기다려야 할 것이다. 그건 괜찮았다. 다만 우리 탈출 전략에 필요한 시간이 별로 남지 않게 된다. 변변한 전략도 아니었지만.

얼마 뒤 핀-리가 말했다.

"다들 준비됐어?"

다른 두 명이 동의했다. 이윽고 핀-리는 디스플레이에서 호텔의 실내 통신기에 접속해 그레이크리스의 연락 상대에게 전화를 걸었다.

통신이 활성화되면 나는 방 안에 카메라가 없어도 디스플레이 화면을 볼 수 있었다. 사실 볼 건 별로 없었지만. 그레이크리스 쪽의 상대는 영상을 꺼둔 상태였다. 핀-리는 몸값을 만들었다며 어디서 멘사와 교환하고 싶은지를 말했다. 그레이크리스는 당장 몸값을 원하며 그 뒤에 멘사를 풀어줄 거라는 둥 말이 많았다. 하지만 내가 목격했던 다른 인질 교환 상황과 비교하면 형식적으로 하는 소리로 들렸다. 그레이크리스는 이 돈을 정말로 원하고 있었다. 핀-리가 2분 정도 설득하자 상대가 넘어왔다. 하지만 먼저 대리인을 보내서 이체 승인을 지켜보게 하기를 원했다.

핀-리가 통신을 끊자 라티가 말했다.

"아, 우리가 제대로 하는 거여야 할 텐데."

구라틴은 굳은 표정으로(사실 무슨 말을 해도 이런 표

정이다) 말했다.

"곧 알게 되겠지."

핀-리가 말했다.

"괜찮을 거야."

(멘사가 그렇게 말했다면 마음이 든든했을 것이다. 핀-리도 분명 그런 의도로 말했겠지만 다들 조용히 하기를 바란다는 듯이 들리고 말았다.)

구라틴이 로비로 내려와 아래쪽 플랫폼의 잘 보이는 곳에 자리를 잡고 앉아서 그레이크리스의 대리인을 기다렸다. 너무 뻣뻣해서 나보다 더 보안유닛처럼 보일 지경이었다.

음, 구라틴을 위해 변명하자면 피가 말리는 상황이었다. 나는 드라마를 보느라 신경이 분산되는 위험을 감수할 수 없었다. 하지만 저장 공간을 점검하고 내가 보고 있는 새 드라마의 잔여 에피소드가 아주 많이 남았다는 사실을 확인하자 마음이 놓였다. 조금 도움이 됐다.

내가 초조한 한 가지 이유는 일이 잘 풀리고 내가 갈기갈기 찢어지지 않는다면 멘사를 다시 만나게 된다는 사실 때문이었다.

라비하이랄로 가는 길에 ART는 보존지원단이 내 동료라고 말했다. ART가 순진하게 구는 거였는지 아니면 녀석이 나를 순진하게 본 건지는 모르겠다. 그래, 어쩌면 당시에는 내가 그게 조금은 사실일지도 모른다고 생각할 만큼 순진했는지도 몰랐다. 그러다 라비하이랄에서 있었던 일 이후에는 그 생각을 버렸다. 그다음에는 어찌어찌하다 밀루에서 증거를 찾아내서 멘사에게 주겠다고 결심했고 미키가… 죽었을 때 돈 아베네의 모습을 보았다. 그리고 한동안은 다시 '어쩌면 조금은 사실일지도 모른다'는 생각으로 돌아갔다.

하지만 여기 호텔 로비에 앉아서 바이오존을 바라보며 보안유닛이 아닌 것처럼 행동하게 만드는 코드를 전부 실행하고 있다보니 그 환상은 산산이 부서졌다. 멘사가 내게 어떤 존재인지 나도 잘 모르고 있다는 게 냉정한 현실이었다.

미키를 만나본 이후에도 나는 여전히 애완 로봇이 되고 싶지 않았다.

방에서는 핀-리가 이를 갈지 않으려고 애쓰면서 천천히 실내를 거닐고 있었다. 라티는 화장실에 세 번 다녀왔다. 구라틴은 가만히 앉아서 앞만 바라보았다. 그러다 피드로 말했다.

보안유닛, 거기 있어?

아뇨, 전 가려고요.

내가 말했다.

여기서 호텔에서 호텔로 돌아다니며 살기로 결심했습니다. 엔터테인먼트 피드나 보면서요.

흠, 말해놓고 보니 생각보다 더 괜찮은 아이디어 같았다.

잠시 침묵이 이어지다가 구라틴이 말했다.

난 네 적이 아니야. 그냥 조심스러운 거야.

당신의 의견에는 관심이 없습니다.

나는 말해놓고 곧바로 내게 1초 지연을 걸어놓았다면 지울 수 있었을 텐데 하고 생각했다. 내가 관심이 있는 것처럼 들렸던 것이다. 관심 없었는데.

1분이 흘러갔다. 그리고 2분. 구라틴이 말했다.

떠나 있는 동안 뭘 했어? 어디에 갔었어?

나는 대답하고 싶지 않았다. 그 일에 관해 이야기하고 싶지 않았기 때문이다. 하지만 구라틴을 무시하는 건 이상하게 왠지 좀스러워 보였다. 나는 아이레스 일행과 해브라튼으로 가는 길에 있었던 일을 담은 영상을 골라서 꺼냈다. 대부분은 다툼 영상으로 내가 나중에 내 행동을 평가하기 위해 표식을 달아둔 것들이었다. (몇 번 싸움을 뜯어말렸던 일, 억지로 연애 조언을 해야 했던 일, 그리고 그 낯부끄러운 싱크대의 크래커 포장지 사건.) 나는 영상을 편집해서 "증강인간 보안 자문관 흉내를 내는 살인봇"이라는 제목을 달아 구라틴에게 보냈다.

구라틴이 그 영상을 다 보지도 못했을 때 그레이크리스의 대리인이 정문에서 로비로 걸어 들어왔다.

겉모습만 봐서는 들락날락하는 다른 인간이나 증강인간과 다를 바가 없었다. 그 남자는 키가 크고 피부색이 엷은 인간으로 머리카락은 길고 연한 색이었다. 그리고 현지 스타일의 비즈니스 복장 중 한 가지를 입고 있었다. 통이 넓은 바지 위에 무릎까지 내려오는 어두운색의 긴팔 재킷이었다.

나는 구라틴에게 신호를 보냈고 구라틴이 영상 재생을 중단했다. 그레이크리스 대리인이 잠시 멈추더니 성가시다는 표정을 지었다. 꽉 막힌 호텔 피드를 마주한 모양이었다. 호텔 시스템이 정거장의 신용 계좌에 비용을 청구한 뒤 그 남자에게 접속을 허용했다. 나는 호텔의 보안 드론이 절차에 따라 스캔한 결과를 포착했다. 무기는 없었다. 인터페이스 활동뿐이었다. 드론의 스캔 결과를 잠시 분석해보니 그자가 드론을 속이는 뭔가를 갖고 있을 확률이 65퍼센트로 나왔다. 따라서 아마 무장하고 있을 것이며, 아마 보안 통신 장치를 갖고 있을 터였다.

나는 그자의 피드에 접속할 수 있었지만 그래봤자 별로 도움이 될 게 없다고 생각했다. 보안 스캔을 속이는 장치를 갖고 있다면 꽉 막힌 호텔 피드는 작전에 필요한 통신을 하는 데 적절하지 않다는 점을 알고 있을 게 분명했다.

내가 걱정해야 하는 건 그자가 갖고 있을 수 있는 보안 통신 장치였다. 정확히 뭔지는 몰라도 정거장의 통신 네트워크에 닿으려면 중간에 호텔을 거쳐야 할 터였다.

그레이크리스 대리인은 로비를 훑어보았고 당연하다시피 구라틴을 알아보았다. 아마도 그레이크리스가 자유무역항에서 얻은 정보였을 것이다. 그자는 자신을 맞이하려고 일어선 구라틴을 향해 갔다.

"구라틴? 전 세라트입니다. 핀-리의 요청으로 왔습니다."

친근한 웃음을 옅게 띤 그자는 차분하고 자신감이 있었다.

구라틴의 재수 없음 효과가 이럴 때는 도움이 되는 게 분명했다. 구라틴은 대단히 감명받지 않은 표정으로 말했다.

"이쪽입니다."

그리고 포드 승강장으로 향했다.

나는 핀-리와 라티에게 신호를 보내 경고하며 계속 적을 찾아 사방을 살폈다. 가령 평범하게 정문으로 들어와 평범하게 멈춰서 평범하게 주위를 둘러본 뒤 평범하게 라운지/식당 공간으로 이어지는 계단을 올라간 두 인간처럼. (맞다. 그 둘이 그렇게 나쁜 놈처럼 보이지는 않았다. 하지만 나는 여기서 꽤 오래 앉아 있었던 나머지, 인간들이 움직이는 패턴을 분석할 수 있었다. 뭔가를 찾으러 들어온 혹은 이제 어디로 가야 할지 정말 헷갈리는 인간들은 불규칙하게 움직이는 경향이 있었다. 바이오존이나 접수대로 이어지는 경사로를 가리키는 피드 표지판에 시선을 빼앗기기도 하는 등. 그런 경우와 비교하면 그 적들은 찾아내기 쉬웠다.)

혹시 너무 쉬운 걸까? 호텔 드론을 스캔한 결과 아무것도 없었지만 그레이크리스 대리인과 똑같이 수상쩍은 패턴이 있었다. (내가 보기에 수상쩍었다는 것이다. 나는 드론 스캔을 많이 속여봤으니까.)

나는 통행용 로비에서 수송관 캡슐을 빠져나오는 잠재적인 적 두 명을 더 포착했다. 그리고 광장의 드론 친구들 카메라를 확인하니 호텔 광장 입구 바깥쪽에 더 있었다.

그래, 그것도 예감이 좋지 않았다. 하지만 나는 아직 보안시스템을 감시하고 있었고 경고나 이상 신호는 없었다.

원래 교환이 이루어질 때까지 여기 있을 생각이었

지만 일어서서 포드 승강장으로 향했다. 나는 입력 채널 하나를 구라틴의 피드에 걸쳐놓고 있었다. 구라틴과 세라트는 막 포드에서 나온 상태였다. 구라틴은 오는 내내 어색한 침묵을 유지했다. 인정하긴 싫지만 인상적이었다.

구라틴과 세라트가 방에 도착했을 때 나는 포드에 탄 채로 적절한 구역에 있었다. 복도에는 몸을 숨길 곳이 없었기 때문에 포드에게 정지하고 호텔환경접속및이동시스템(줄여서 이동시스템)에 관리 요청이 들어와도 아무 조치를 취하지 말 것을 통보하라고 지시했다. (포드 하나 멈추려고 굉장히 번거로운 짓을 한다고 생각할지 모르겠지만 내가 그런 식으로 하지 않았다면 시스템이 먹통이 됐을 것이다. 그냥 하는 소리가 아니라 만약 내가 이동시스템의 포드 운행 제어에 간섭하면 정말 그렇게 된다. 인간과 증강인간으로 가득 찬 포드가 서로 충돌한다는 소리다.)

이제 다들 방 안에 있었고 핀-리가 말하는 소리가 들렸다.

"그쪽 기업이 요구한 돈을 갖고 있습니다. 일부는 자산을 청산해서 만들어야 했는데 이체할 준비가 됐다는 연락을 받았습니다. 난 멘사 박사를 보기 전까지는 자산 목록을 내놓거나 이체를 승인하라고 하지 않을 겁니다."

세라트가 대답했다.

"걱정 마시죠. 멘사는 이미 파견대의 호위를 받으며 이곳으로 오고 있습니다. 저는 이체 승인을 확인해야 합니다."

나는 입력 채널 하나로 멘사의 임플란트를 감시하고 있었지만 아직 핑 신호를 보내지는 않았다. 이곳과 상부 고리 사이의 거리와 잠재적 경로를 예측하며 몇 가지 분석도 돌리고 있었다. 그리고 놈들이 진짜 보안 수단을(그러니까 팰리세이드나 여타 현지 보증 회사의 보안유닛을) 갖고 있을 경우에 대비해 항구로 가는 비상 대책도 강구하고 있었다. 일이 끔찍할 정도로 복잡해질 가능성이 있었지만 아직 나는 할 만하다고 생각했다.

그리고 얼마 뒤 일은 끔찍할 정도로 복잡해졌다.

라티가 피드로 말했다.

어, 보안유닛? 도와줘.

멍청하게도 내 첫 번째 반응은 라티가 쓰고 있지도 않은 헬멧의 카메라로 전환하는 것이었다. 방 안에는 내가 쓸 수 있는 카메라가 없었다. 소리뿐이었다. 그리고 들리는 거라고는 숨소리가 전부였다. (이게 1A 계획의 결함이었다. 우리에게 주어진 시간 동안 방에 카메라를 설치할 방법이 없었다. 하다못해 그레이크리스 대리인이 준비했을 보안 검색 장치를 피할 수 없는 것조차도.) 그때 핀-리가 말했다.

　"그러면 돈을 받을 수 없습니다. 그쪽이 원하는 건 돈 아닙니까? 보증 회사를 물러가게 하기 위해 당장 필요한 게 그거잖아요."

　세라트가 담담하게 말했다.

　"그건 이체 승인이 아니야. 자산 목록일 뿐이잖아. 무슨 수작이지?"

　서둘러 입력 신호를 확인하고 호텔의 보안시스템을 장악하려고 하다가 나는 세라트가 방금 자신의 통신기를 사용해 보낸 신호를 포착했다. 인질 석방을 중단하라는 비상 신호일 게 분명했다. 그리고 와서 총을 쏘라고 지원을 요청하는 신호일 수도 있었다.

교묘한 솜씨를 부릴 틈도 없이 나는 호텔의 메인 중계기를 끄고 곧이어 통신 트래픽을 이어받기 위해 활동을 시작하려 하는 보조 중계기 두 개를 내려야 했다. 그리고 호텔 피드에 연결된 세라트를 찾아내서 차단했다. 나는 바빴다. 그래서 버퍼 메모리를 이용해 말했다.

라티 박사님, 문제를 설명해주십시오.

라티가 피드에서 불안한 목소리로 말했다.

총을 갖고 있어. 조그만, 음, 손바닥만 해. 에너지 무기야. 발사체라기에는 너무 작은 것 같아.

구라틴의 말소리가 들렸다.

"그게 우리가 받은 이체 문서—"

"웃기는 거짓말이로군."

세라트가 말했다.

계속 이야기하게 하세요.

나는 핀-리에게 메시지를 보냈다. 왜 지원 요청에 대한 응답이 없는지 그자가 궁금해하지 못하게 하고 싶었다. 나는 '사실 아주 형편없지만은 않은' 계획을 버리고 '형편없어지고 있는' 계획으로 바꾸었다. 포드

113

에서 나와서 성큼성큼 복도를 걸으며 포드를 다시 이동시스템에 넘겼다. 스캔에 모퉁이 저쪽에서 움직이는 표적이 하나 걸렸고 나는 속도를 늦춰 그레이크리스 대리인이 로비에서 보였던 것만큼이나 꾸며낸 듯 어색해 보이는 평범한 걸음걸이로 바꿨다. 그리고 호텔의 보안시스템에 연결해 알아본 결과 이 구역에서 20초 전에 다른 방의 문이 열렸다는 사실을 알아냈다. 지금 다가오는 인간들이 적일 가능성은 10퍼센트 아래였다.

체구가 작은 인간 두 명이 복도 모퉁이를 돌아서 걸어왔다. 어깨에 메는 가방과 모자를 매만지느라 아주 정신이 없었다. 그 둘은 나를 지나쳤지만 나는 목표을 향해 가는 속도를 늦췄다. 나는 그 두 명이 안 보일 때까지 방문을 지나쳐 걸어야 했고 그 둘이 승강장에 도착해 포드에 탈 때까지 기다렸다. 그리고 나는 움직였다.

나는 피드의 소리를 죽였다. 핀-리와 라티, 구라틴은 큰 소리로 총을 든 자에게 반발하며 자신들은 잘못이 없다고, 은행에서 실수한 게 분명하다고, 라티는 생물학자라 금융같이 난해한 것에 관해서는 아무 것도 모른다고 항의하고 있었다. 나는 문에 귀를 대고 청력을 높였다. 그러자 세라트가 말하는 소리를 들을 수 있었다.

"기업들 사이의 일을 가르쳐줄 시간은 없어."

그 소리를 듣자 세라트의 상대적인 위치를 알 수 있었다. 나는 문을 열었다.

문이 옆으로 열리자 세라트가 나를 향해 몸을 돌렸다. 나는 방을 가로질러 그자의 손목을 잡고 아래로 눌렀다. 그다음 내 팔을 통해 지향성 펄스를 보내 세라트가 쥐고 있던 조그맣고 귀여운 총의 동력전지를 튀겨버렸다. 그리고 다른 팔뚝으로 그자의 목을 벽 쪽으로 밀어붙였다. 이 모든 일은 대단히 빠른 속도로 벌어졌다.

세라트가 꾸르륵거리는 소리를 내면서 총을 쏘려고 했다. 총이 발사됐다고 해도 내 정강이를 맞혔을 테고 그랬다가는 나를 훨씬 더 화나게만 만들었을 것이다. 나는 세라트의 손목을 조여 총을 떨어뜨리게 했다. 그래도 아직 통신기는 붙들고 있었다.

"활성화되어 있어?"

라티가 일어서려고 애쓰면서 물었다. 내가 말했다.

"제가 통신기와 피드를 차단했습니다."

내가 입력받고 있는 것 중 하나는 호텔 피드의 관리 채널이었는데 이미 통신 장애로 불만이 가득해지고 있었다. 나는 호텔의 꽉 막힌 피드와 정거장 피드 사이의 연결도 끊었다. (이렇게 말하니까 내가 의도적으로 한 것 같지만 실은 급해서 신호가 오가는 건 전부 막아버렸을 뿐이다.) (그래, 퍽이나 은밀한 작전이다.)

세라트가 숨을 몰아쉬었다. 이 정도로 가까이 붙어 있으니 올라간 맥박 수와 땀샘의 활동이 스캔에 잡혔다. 세라트가 말했다.

"그러니까 이게 그 사라졌다던 보안유닛이로군."

나는 호텔의 보안시스템으로 로비의 상황을 확인했고 그레이크리스의 지원 요원 두 명을 포착했다. 그 둘은 아직 반응하지 않고 자판기 주변에서 평범한 척하고 있었다. 하지만 젠장, 저들이 눈치채기 전에 호텔의 피드 연결을 되살려야 했다.

핀-리가 바닥에 떨어진 총을 주우며 말했다.

"정말 멘사가 여기로 오고 있어? 거짓말이었어?"

아직 임플란트의 반응은 없습니다.

내가 피드로 핀-리에게 말했다. 나는 아직 정거장 피드에 접속할 수 있었다. 그리고 임플란트의 신호는 정거장 피드를 통해서 오게 된다. 만약 그레이크리스가 정말로 멘사를 데리고 오고 있다면 아직 메인 정거장 보안 장벽을 건너오지 않은 것이다.

따라서 계획이 쫄딱 망한 건 아니었다. 단지 '쫄딱 망함' 구역 주위를 선회하면서 착륙할 준비만 갖추고 있었다.

세라트가 핀-리에게 말했다.

"너희는 거짓말쟁이야. 그런 어처구니없는 가짜 문서로 우릴 속일 생각을 하다니. 이 일을 바로잡으려면 날 놓아줘. 치명적인 무기로 나를 위협하고 있으니 너희는 정거장 법률을 위반하고 있는 거야."

"무슨 치명적인 무기?" 라티가 물으며 핀-리의 손에 들려 있는 총을 가리켰다. "당신이야말로 치명적인 무기로 우리를 위협했지. 우리가 정거장 보안팀에 당신을 신고할 수 있다고!"

구라틴이 피드에서 말했다.

우리는 신고하면 안 돼.

나도 알아!

라티가 대꾸했다.

허풍 치고 있는 거야.

핀-리가 말했다.

"저 사람은 보안유닛을 말하는 거야. 보안유닛은 치명적인 무기니까."

핀-리가 머뭇거리더니 피드로 내게 말했다.

내가 너를 건드릴 텐데 놀라지 말아.

어, 그래. 나는 호텔의 메인 중계기와 보조 중계기를 되살리려고 미친 듯이 작업하고 있었고 수리 기술자보다 먼저 해내야 했기 때문에 알겠다는 신호만 보냈다.

핀-리가 내 어깨에 손을 올렸고 나는 질색하지 않고 있었다. 핀-리는 세라트를 향해 몸을 기울이며 말했다.

"이쪽은 치명적인 무기가 아니야. 사람이라고. 화가 난 사람. 당신이 질문에 대답하기를 바라는 사람.

멘사를 여기로 데려오고 있는 거 맞아?"

세라트가 웃음을 지어 보였다.

"그러고 있었지. 내가 우리 보안 요원에게 교환을 취소하라고 신호를 보냈어. 그 사람들은 내가 어디 있는지 알아. 그리고 곧 여기로 올 거야. 너희들은 사적으로 소유한 보안유닛을 데려옴으로써 정거장 법을 위반했으니 아무도 너희를 돕지 않을 거야."

"보증 회사를 매수하려면 너희는 몸값이 필요해. 그렇지?"

핀-리가 말했다. 난 거의 모든 신경을 호텔의 중계기를 되살리려는 확실히 어려운 작업에 쏟고 있으면서 동시에 멘사의 임플란트 신호를 계속 찾고 있었지만 세라트에게서 시선을 떼지는 않았다. 핀-리가 덧붙였다.

"그레이크리스에게는 분명히 넘길 수 있는 자산이 있어. 아니면 복수하는 거야?"

세라트가 회의적인 표정으로 냉소했다. 진지하게 받아들이지 않은 모양이었다. 물론 나는 그 이유를 알 수 있었다. 만약 당신이 크레이크리스이고 일

119

을 하면서 일상적으로 인간들을 죽여왔다면 벽지의 비기업형 행성에서 온 조사대원 세 명의 분노 따위는 걱정이 되지 않을 것이다. 그리고 세라트는 이들이 어떤 식으로든 나를 조종하고 있다고 확신했다. 세라트가 말했다.

"복수? 너희는 보안유닛을 사서 밀루로 보내 그레이크리스의 중요한 자산 활동을 폭로했어. 너희들 그리고 너희 작은 행성 조직은 뻔뻔스럽게 스스로 기업과 경쟁할 수 있다고 생각하는 거야? 어떻게 될 거라고 생각했어?"

핀-리가 당황한 모양이었다. 하지만 곧 말했다.

"그레이크리스가 먼저 우리를 공격했어. 그레이크리스가 시작한 일이라고. 우리가 바라는 건 멘사 박사의 귀환일 뿐이야."

피드에서 라티가 당황한 목소리로 말했다.

밀루?

증강인간인 구라틴에게는 정보 저장소가 있었다. 구라틴이 말했다.

뉴스에 그런 내용이 있었어. 그레이크리스가 멘사에게 그에

관해 물었지. 그건 버려진 테라포밍 시설이야.

내가 호텔의 중계기를 다시 작동시키는 데 성공하자 호텔 관리 피드의 활동도 곧바로 줄어들기 시작했다. 로비에 있는 그레이크리스 측 표적 두 명은 아직 뭔가 잘못됐다는 걸 눈치채지 못하고 있었다. 임플란트에서는 아직 아무 신호도 없었다.

멘사를 데려오고 있는 게 아니었다. 전부 헛된 일이었다. 전부. 밀루, 미키의 죽음, 이곳으로 온 일, 전부. 내가 말했다.

"밀루는 내 생각이었어. 나는 폭주한 유닛이거든."

세라트는 나를 무시했지만 핀-리에게 말했다.

"폭주한 유닛이었다면 이 정거장에서 가는 곳마다 시체로 흔적을 남겼을 거야."

내가 말했다.

"어쩌면 여기서부터 흔적을 남기기 시작할지도 모르지."

세라트는 나와 시선이 마주쳤고 동공이 살짝 커졌다.

나는 덧붙였다.

"너희들은 너무 순진해."

바로 그때 정말 다행히도 멘사의 임플란트가 핑 신호를 보냈다. 나는 사실 세라트의 숨통을 우그러뜨릴 생각이 별로 없었다. 그냥 그런 생각만 하면서 즐거워하고 있었다. 그러지는 않는 대신 나는 세라트를 잡아당겨 벽에서 떨어뜨리며 목을 졸랐다.

인간들은 "잠깐!" "안 돼!" "어—"라고만 할 뿐이었다.

"죽이지 않을 겁니다." 내가 말하며 세라트를 소파 위에 내동댕이쳤다. "제가 뭘 하는 건지 빌어먹게도 잘 알고 있습니다."

핀-리가 피드로 임플란트를 확인한 뒤 재킷에서 키를 꺼내 확인했다.

"멘사가 움직이고 있어. 어디— 혹시 네가—"

나는 이미 핑 신호를 내가 가진 정거장 지도와 맞춰보고 있었다.

"수송관에 타고 있습니다."

이제 내가 가야 했다. 나는 말했다.

"셔틀로 돌아가십시오. 이자는 내버려두시고요. 깨

어날 때쯤이면 그레이크리스가 이미 우리가 뭘 하는
건지 알고 있을 겁니다. 이자의 통신기나 총을 갖고
가지 마십시오. 정거장 보안팀이 스캔할지 모르니까
요. 호텔의 1층 정원으로 내려가서 운송구를 타고 다
음 쇼핑단지로 간 뒤 거기서 수송관을 타십시오."

나는 인간들이 반발하려고 숨을 한 모금 들이쉬었
을 때쯤 이미 문밖으로 나섰다. 복도는 안전했으므로
나는 포드 승강장까지 달렸다. 피드로 내가 메시지를
보냈다.

**멘사를 데리고 있는 그레이크리스 무리가 2분 안쪽 거리에 있
습니다. 점점 가까워지고 있어요. 그자들이 호텔에 도착하기 전
에 떠나야 합니다. 셔틀에서 멘사를 만나게 해주겠습니다. 피드
로 저에게 연락하지 마십시오. 놈들이 정거장 보안팀을 매수했다
면 우리를 추적할 수 있습니다.**

가고 있어. 간다고.

라티가 회신했다. 그리고 호텔의 보안시스템이 방
금 문이 열렸다가 닫혔다고 내게 알려주었다.

조심—

연결 끊겠습니다, 라티.

나는 말하면서 포드 안으로 들어갔다.

그리고 위험 평가 모듈을 꺼버렸다.

5

그레이크리스 보안팀과 멘사 박사가 수송관을 타고 도착했을 때 나는 포드 안에서 가만히 기다리고 있었다.

호텔 보안시스템의 카메라로 그레이크리스 일당이 보였다. 수송관에서 플랫폼으로 나오자 기다리던 승객들이 길을 비켜주는 모습이었다. 적들은 평범한 옷을 입고 있었지만 무기가 눈에 띄었다. 비밀 작전이 아닌 게 분명했다. 그건 곧 정거장 보안팀도 호텔과 마찬가지로 매수당했다는 뜻이었다.

게다가 놈들에게는 무장한 보안유닛도 있었다.

그래도 아직 해볼 만했다. (시원찮은 내 평가 모듈이라면 아마 모든 게 잘되고 있다고 알렸을 것이다.) 그레이크리스 일당이 호텔의 꽉 막힌 피드를 통해 누군가로 하여금 지불을 승인하게 하는 과정에서 잠시 시간 지연이 있었다. (관리부서에 돈을 내면 보안유닛과 무기를 가지고 들어와 인질 교환을 할 수 있는 모양이었다. 그런데 공짜 피드 접속에는 그렇게 선을 그어버리다니.)

호텔의 환승 정거장은 3층 높이였고 수송관이 멈추는 플랫폼 위와 아래로 한 층씩 뚫려 있었다. 위쪽에는 현재 홀로그램 폭풍우가 펼쳐져 있었고 아래쪽으로는 다양한 예술 작품을 위에서 본 모습이 돌아가면서 나타났다. 적어도 피드의 표식에 따르면 그랬다.

나는 방금 아이디어 하나를 떠올렸고 '됐다 쓰기' 항목 아래에 분류해놓았다.

적들은 플랫폼의 보도를 따라 포드 승강장 쪽으로 멘사를 데려갔다. 멘사에게는 아무런 구속장치도 없었지만 적 인원만 여섯 명에 보안유닛까지 있었다. 두 명은 환승 정거장 안에 자리를 잡기 위해 따로 움직였다. 그러면 표적 네 명에다가 가장 중요한 표적인 보안유닛이 남았다.

나처럼 지배모듈을 해킹하지 않은 보안유닛은 피드와 시스템을 해킹할 수 없다. 음, 시도는 할 수 있겠지만 지배모듈이 처벌을 가할 테고 보안 또는 허브 시스템의 신고로 결국 메모리를 삭제당할 것이다. (그러니까 지배모듈을 해킹하기로 했다면 솜씨 있게 한 번에 똑바로 해치우도록.) 그레이크리스가 가져온 유닛은 기본 상태의 살인 기계였다.

보안유닛의 가슴에는 팰리세이드 로고가 있었다. 장갑은 사제 브랜드였고 회사가 지급하는 장갑과는 구성이 달랐다. 하지만 드론은 없었다. (그레이크리스는 뇌물을 더 먹여서라도 드론을 가져왔어야 했다.)

(그래, 나는 해킹을 생각하고 있었다. 다른 보안유닛을 해킹해본 적은 없었다. 위안유닛은 한 번 해킹해보았지만 그 녀석은 나를 막으려 하지 않았다. 나는 감히 시도할 수가 없었다. 만약 시도했다가 실패해서 상대가 나에 관해 보고한다면 멘사 일행이 그 대가를 치러야 했다.)

그레이크리스 일당이 승강장에 도착했고 나는 시간을 조금 벌기 위해 포드의 도착을 늦췄다. 상대의 보안유닛이 스캔을 돌리며 환승 정거장에 있는 인간들이 무기를 갖고 있는지, 비인가 통신과 피드 활동이 있는지 확인하고 있었다. 나는 상대가 발견하지 못할 정도로 호텔 피드에 깊숙이 들어가 있었다. (다른 보안유닛들로부터 피드 활동을 숨기는 법을 알지 못했다면 나는 오래전에 부품으로 쪼개졌을 것이다.)

나는 멘사의 임플란트에 접속한 뒤 보안 수준을 시험해보려고 핑 신호를 보냈다. 제1표적을 포함해 누구도 반응하지 않았다. 나는 메시지를 보냈다.

안녕하세요, 멘사 박사님. 접니다.

멘사가 순간적으로 숨을 들이쉬면서 가슴을 들썩였고 머리를 움찔거렸다. 주위를 돌아보고 싶은 충동을 억눌렀던 것이다. 표적 한 명이 멘사를 슬쩍 쳐다보았지만 나머지는 반응하지 않았다. 내가 덧붙였다.

음성을 내지 않고 대답하세요.

멘사는 3.2초 동안 반응하지 않았고 나는 그동안 멘사가 나와 이야기하고 싶지 않은 건가 하고 의아하게 생각했다. 그렇다면 이 구출 작전은 완전히 어색해질 터였다.

이윽고 멘사가 말했다.

네가 너라는 걸 증명해봐. 네 이름을 말해봐.

좋아, 그렇게 어색하지는 않았다. 그건 다행이었다. 그리고 피드에서 누군가 신분을 위장하며 자신을 속이려 할지도 모른다고 걱정하고 있다면 그건 멘사의 상황이 그만큼 나쁘다는 소리였다. 내가 말했다.

살인봇입니다. 멘사 박사님.

그 대화는 영구적으로 삭제되어서 보존지원단을 제외하면 누구도 알 수 없었다. 보존지원단에서 다른 누군가에게로 흘러나가지 않았다면. 멘사는 그렇게 가정한 게 분명했다.

멘사가 곧바로 응답했다.

여기서 뭘 하는 거야? 너 잡히지는 않았어?

뉴스에는 그와 같은 소식이 전혀 없었으므로 그자들이 그렇게 이야기한 게 틀림없었다. 거짓말과 다를 바 없지만 어째서인지 다른 이름으로 불리는 역정보는 기업 간의 협상이나 전쟁에서 가장 널리 쓰이는 전술이다. (〈거룩한 위성〉에서 역정보가 핵심 소재인 에피소드가 하나 있었다.) 나는 멘사에게 말했다.

도와드리러 왔습니다. 핀-리와 라티, 구라틴이 회사 셔틀과 함께 기다리고 있는 항구로 데려다드리겠습니다. 위험하지만 여기 그대로 머무는 것보다는 덜 위험합니다. 진행해도 될까요?

나도 안다. 하지만 어쩐지 형식을 갖추는 게 더 쉬웠다.

멘사가 곧바로 대답했다.

그래.

나는 피드로 알겠다는 신호를 보낸 뒤 현 절친인 호텔 보안시스템과 새 절친인 이동시스템과의 일에 집중하기 위해 멘사의 피드를 대기 상태로 밀어두었다. 그리고 전에 끄집어냈던 배치도를 확인했다. 내 작전은 이 구역 안에 있는 승강장 중 한 곳에서 이루어져야 했다. 포드가 호텔의 메인 네트워크 안으로 들어가고 나면 너무 빨리 움직이기 때문이었다. 행선지 정보를 빼낼 수 있다고 해도 내가 미리 가 있을 수가 없었다.

내가 감시하고 있는 보안카메라 피드에 하나하나 신경을 쓰는 건 까다로운 일이었다. 하지만 드라마를 보면서 동시에 허브시스템과 보안시스템, 다양한 고객들의 피드, 혼란스럽고 다급한 인간들의 음성 명령을 듣고 있는 것보다는 훨씬 덜 까다로웠다. 적어도 내 생각은 그랬다. 밀루에서 내 처리 용량을 확장하기 전이었다면 과연 이 모든 일을 다 할 수 있었을지 나도 확신이 없었다.

만약 내가 일을 망친다면… 아니, 망쳐서는 안 됐다.

나는 이동시스템이 가장 흔한 목적지라고 알려준 곳을 골랐다. 호텔의 클럽 구역이었다. 내가 탄 포드가 움직이기 시작한 뒤 2초가 지나자 나는 이동시스템에게 통행량이 적은 승강장에 비상 정지하고 봇이나 인간 감독관에게는 아무런 경보를 울리지 말라고 요청했다.

포드가 덜컹거리며 멈췄다. 비상 절차에 따르면 비상 신호가 난 지점으로 향하는 포드는 모두 방향을 바꾸게 되어 있었다. 나는 이동시스템을 통해 전 지점에 있는 포드들이 대체 경로를 따라 안전하게 지나가는 것을 느낄 수 있었다.

나는 포드를 나와 승강장으로 내려갔다. 텅 빈 플

랫폼에 구부러지며 멀어지는 복도 두 개가 있었다. 나는 이후 6분 동안 보안카메라에 텅 빈 플랫폼의 이미지만 담기도록 만들었다. 그러고 나서 가방에서 발사체 무기를 꺼내 장전한 뒤 뒤쪽을 향하도록 내 옆구리 하단에 고정했다.

보도에 있는 카메라의 피드로 표적과 멘사가 포드에 타는 모습이 보였다. 나는 이동시스템에게 비상사태의 원조를 위해 그 포드를 이곳으로 데려오라고 요청했다. 포드가 도착할 때 나는 대기 공간으로 걸어가며 멘사 박사의 피드를 다시 활성화했다.

멘사 박사님, 제가 신호하면 포드 바닥에 웅크리고 앉거나 머리를 덮으십시오.

문이 옆으로 밀리며 열렸다. 포드는 빠른 속도로 움직인다. 나는 인간들이 목적지에 도착했음을 알았고 몇 초 동안 혼란스러워할 거라고 생각하고 있었다. 그 2초를 이용해 상대와 호텔 피드의 연결을 낚아챘고 포드에 타려는 평범한 인간처럼 멍청하게 앞으로 걸어나갔다. 보안유닛의 시야에 들어가지 않으려고 조심했다. (인간 요원들이 보안유닛을 포드 왼쪽에 세워

두어서 다행이었다. 원래는 앞쪽에 세웠어야 했다.)

인간 표적 한 명이 앞으로 밀고 나왔다. (아무 짝에
도 쓸데없이 공격적인 태도였다. 이래서 인간은 같은 인간끼
리도 고용하기 원하지 않을 정도로 보안에 형편없다는 것이
다.) 그자가 내뱉었다.

"물러나. 우린 기업 보—"

나는 멘사의 피드에 신호를 보냈고 멘사가 바닥에
웅크렸다. 나는 이미 비무장인 게 명백한 시민에게는
강한 녀석을 붙잡고 있었다. 나는 팔에 있는 에너지
무기를 그자의 어깨에 쏘고서 쓰러지는 몸뚱아리를
내 쪽으로 당긴 뒤 들어 올려 내 방패로 삼았다.

최우선 표적(다른 보안유닛)이 이미 인간 표적 둘을
옆으로 밀치고 발사체 무기를 들어올리고 있었다. 하
지만 내 인간 방패 때문에 쏠 수 없었고 그 시간에 나
는 장갑을 관통하는 탄환 세 발을 장갑의 목 관절 부
위에 정면으로 쏘았다. 그리고 이어서 무릎 관절에도
쏘았다.

(목 관절은 살상용이었고 무릎 관절은 넘어지게 하는 용도
였다. 그러지 않았다면 장갑이 그대로 굳어버렸을 것이다.)

나는 발사체 무기를 떨궜다. 두 팔이 모두 필요했기 때문이다. 그리고 내 인간 방패를 포드 반대편에 있던 표적 두 명을 향해 강하게 던져 벽에 들이받히게 만들었다. 네 번째 표적은 내게 총을 쏘았지만 그 무기에서 나온 에너지 펄스는 인간을 무력하게 만들 뿐 치명적이지는 않았다. (적어도 건강한 인간에게는.) 내게는 화를 돋구는 수준밖에 되지 않았다. 나는 그 여자의 팔을 붙잡아 당긴 뒤 비틀어서 아직 일어나려고 꿈틀거리는 다른 두 표적에 무기를 겨누게 하고 다섯 번 발사했다. 그 둘이 쓰러지자 나는 그 여자의 팔을 부러뜨린 뒤(나중에 위협이 될 정도로 동작이 빠른 인간이었다) 동맥을 압박해 기절시켰다.

내가 표적을 바닥에 눕히자 멘사가 비틀거리며 일어났다. 아마 날아가던 신발에 맞은 모양이었다. 내가 말했다.

"가시죠."

멘사가 숨을 몰아쉬더니 꿈틀거리는 몸뚱아리를 타 넘고 쓰러진 보안유닛을 돌아 걸었다. 나는 내 발사체 무기를 집어 들고 멘사의 뒤를 따랐다. (나는 위험을 무릅쓰고 보안유닛의 발사체 무기를 가져가고 싶지는 않았다. 추적기가 달려 있을지도 몰랐다. 어차피 가방 안에 넣기에는 내 것이 더 좋았다.) 나는 보안유닛을 포드 안에 굴려 넣고 이동시스템에게 문을 닫은 채로 정밀 진단을 돌리라고 말했다.

나는 멘사를 내가 타고 온 포드 안에 밀어넣다시피 한 뒤 새 목적지를 입력했다. 나는 발사체 무기를 재장전하고 다시 가방에 넣으면서 포드에게 환승 로비의 보안카메라를 다시 확인하는 동안 멈출 것을 요청했다. 아니나 다를까 그레이크리스의 표적 둘이 아직 그곳에 있었다. 하지만 둘 다 걱정스러운 표정으로 피드에서 뭔가 이야기하고 있었다. 그 외에 비표적 인간 아홉 명이 느슨하게 두 무리를 이룬 채 기다리고 있었다.

어떻게 하려고 했더라? 아, 여기 내가 분류해둔 곳이 있었다.

내가 말했다.

"제가 저 표적 둘을 수송관 플랫폼에서 제거해야 합니다. 우리가 도착하면 포드 밖으로 걸어나가서 입

135

구에서 멀어지세요. 그리고 저를 기다리세요."

나는 아직 포드의 카메라를 통해서조차도 멘사의
얼굴을 쳐다보지 못했다.

멘사가 말했다.

"알겠어."

나는 우리가 탄 포드가 플랫폼에 도착하게 했다.
문이 열리자 호텔의 장식물까지 제어하는 이동시스
템을 이용해 홀로그램 폭풍우를 플랫폼이 있는 층까
지 끌어내렸다.

그리고 짙은 구름과 번개, 시뮬레이션 비 속으로
걸어 나갔다. 기다리던 승객들 사이에서 놀라는 소리
와 웃음이 터져 나왔다. 가시도가 15퍼센트까지 떨어
졌지만 스캔으로 무장한 표적 둘을 찾았다. 나는 표
적1에게 다가가 피드를 차단하고 오른팔에 있는 에너
지 무기로 펄스를 발사해 무력화했다.

쓰러지는 몸을 붙잡아 포드 안으로 던져 넣었다.
표적2가 뭔가 일이 벌어졌다는 사실을 알아챘다. (아
마도 1과 피드 연결이 끊어졌기 때문이었을 것이다.) 나는
옆으로 수그리고 다가가 그자의 다리를 걸어 넘어뜨

려야 했다. 그리고 몸을 숙여 저항이 어려워질 정도
로만 머리를 한 대 때렸다.

　나는 표적2를 포드로 끌고 갔다. 표적1은 아직 꿈
틀거리고 있었다. 포드 문이 닫히자 나는 클럽 구역
으로 가도록 지시한 뒤 그 자리에 가만히 멈춘 채 호
텔관리팀에 알리라고 말했다. 그리고 난 뒤 나는 점
점 초조해하던 이동시스템이 폭풍우를 원래 자리로
돌려보내게 했다.

　플랫폼에 있던 다른 인간과 증강인간들은 당황하
거나 안도한 표정이었다. 몇 명은 실망스러워했다.
누구도 보안유닛이 기업의 보안 요원 둘을 처리하는
모습을 본 것처럼 행동하지 않았다. 나는 멘사를 향
해 고개를 끄덕였고 우리는 대기 공간으로 들어섰다.
나는 이미 플랫폼의 카메라에서 우리 모습을 삭제하
고 있었다. 하지만 그런다고 해서 추적을 오래 지연
시킬 수는 없었다.

　나는 멘사를 이끌고 수송관의 맨 끝 캡슐이 서는
위치를 향해 갔다. 플랫폼의 카메라를 통해 보니 내
가 평범한 척을 꽤 잘하고 있었다. (나도 놀랐다.) 멘사

는 표정을 억제하고 있었지만 어깨는 긴장이 풀어져
있었다. 멘사가 입고 있는 바지와 긴 카프탄은 원래
그래야 하는 것보다 더 구겨지고 주름져 보였다. 하
지만 시선을 끌 정도는 아니었다. 멘사가 피드를 통
해 말했다.

**다른 사람들이 회사 셔틀을 갖고 여기에 와 있다고 했지? 회
사가 널 돕고 있는 거야?**

내가 말했다.

**아닙니다. 그레이크리스가 정거장을 매수해서 회사가 못 들어
오게 하고 있습니다. 핀-리와 라니, 구라틴은 억지로 왔고요.**

수송관이 정거장으로 들어왔고 우리는 뒤쪽의 텅
빈 캡슐에 올라탔다. (이건 운이 좋았다고 할 수 있지만 나
는 로비에서 기다리는 동안 이 플랫폼의 수송관 운행량을 재
빨리 검색해보았다. 낮 주기 동안에는 별로 활발하게 운행되
지 않았다. 주요 노선이 아니라 호텔이 비용을 대는 변두리 노
선이었다.)

문이 닫히자 플랫폼의 보안카메라에 몇몇 포드의
문이 열리며 호텔보안팀 복장을 한 인간 셋이 뛰어나
오는 모습이 보였다. 음, 젠장. 내 계획이 날아갔다.

나는 수송관 캡슐의 카메라를 장악하고 있었고 이제 수송관의 제어 피드에도 침입했다. 내가 멘사에게 말했다.

"계획이 바뀌었습니다. 저들이 우리 위치를 알아요."

멘사가 표정을 굳히며 고개를 끄덕였다.

이건 항구까지 직통으로 가는 중이었고 나는 그레이크리스가 정거장보안팀을 설득해 우리를 멈추기 전에 어디선가 멈춰야 했다. 지도에 따르면 수송관은 한 사무용 건물에 있는 플랫폼에 접근하고 있었다. 재빨리 그곳의 보안카메라를 확인해보니 플랫폼은 텅 비어 있었다. 앞으로 33분 동안 그곳에 정차할 수송관이 없으니 그럴 만도 했다. 이 수송관은 그 건물을 지나고 머지않아 주요 노선에 합류하기 때문에 재빨리 행동해야 했다. 주요 노선은 운행 일정이 빡빡했다. (이 수송관이 너무 오랫동안 지체되는 중대한 사고는 정거장보안팀이 모든 자원을 동원해 우리를 적대하게 만들 뿐만 아니라 아주 엿 같은 일이 될 터였다.) 나는 피드로 멘사에게 경고를 보내고 한 팔로 멘사의 허리를 감쌌다.

일이 빠른 속도로 벌어지고 있어서 내가 뭘 하고 있는지 설명하기는커녕 음성화할 시간도 없었다. 멘사는 내 재킷 안으로 손을 넣어 깍지를 끼고 머리를 내 어깨에 묻었다. 나는 나머지 한 팔로 멘사의 머리 위를 감쌌다. 그리고 속도를 늦추라고 명령했다.

캡슐이 정거장으로 들어서면서 속도를 떨어뜨렸다. 나는 이미 문을 열라는 비상 신호를 보내며 움직이고 있었다. 캡슐의 문은 제때 열렸는데 정거장쪽 문은 그렇지 않았다. 다행히 나는 문에 스치기만 했고 단순히 경로만 조금 바뀐 채 플랫폼 바닥에 구를 수 있었다.

캡슐은 이미 문을 닫고 운행 일정에 맞추기 위해 속도를 올렸다. 나는 기록에서 우리 모습을 지우고 여러 버퍼 메모리와 로그를 삭제한 뒤 캡슐의 메모리에서 이 사건을 지웠다. 간신히 멘사가 위에 있는 상태에서 구르기를 멈출 수 있었지만 아무래도 편안할 수는 없었다. 지난번에 우리가 이렇게 했을 때는 내가 장갑을 입은 채로 가파른 경사로에서 뛰어내렸었다. 이번에는 매끈한 합성 석재 바닥이고 근처에서 뭔가 폭발하고 있지도 않았다. 그러니까 이번이 더 나았다는 말이다. 아마도. 나는 멘사를 밀어내고 똑바로 일어섰다. 그리고 멘사를 잡아일으켰다.

멘사가 손사래를 쳤다.

"난 괜찮아."

조심스럽게 멘사를 놓았지만 멘사는 그대로 서 있었다. 나는 건물의 피드에서 지도를 불러낸 다음 이용 가능한 운송수단을 찾았다. 아하, 괜찮은 게 하나 있었다.

나는 멘사를 이끌고 플랫폼을 떠나 건물의 포드로 이어지는 경사로를 내려갔다. 보안카메라에 찍힌 우리 모습은 내 코드를 이용해 삭제했다. 우리는 승강장에 첫 번째로 도착한 포드에 올라탔다. 나는 포드에게 규정을 무시하고 우리를 유지관리용 층까지 데려다달라고 말했다. 그곳은 지도에 닫힌 층으로 나와 있었고 정상적인 포드 메뉴에서는 선택할 수 없었다.

우리는 천장이 낮은 공간으로 걸어 나왔다. 포드의 문이 등 뒤에서 닫히고 나자 완전히 깜깜했다. 나는 적외선을 통해 볼 수 있었고 스캔을 이용해 물리적인 형태를 지도로 만들 수 있었다. 멘사는 전혀 앞을 볼 수 없어서 내 재킷을 붙잡고 내가 이끄는 대로 움직였다.

정체되어 있었고 질도 그다지 좋지 않았지만 공기가 있기는 했다. 나는 현재 오프라인 상태인 유지관리봇과 짐꾼봇 사이를 지나 아래쪽으로 내려가는 열린 경사로를 따라갔다. 우리는 두 가지 중력의 변화를 마주했다. 하나는 서서히 바뀌고 있었는데 다른 하나는 그렇지 않았다. 갑자기 오른쪽 벽이 바닥이 되었다.

우리는 주 출입 통로의 한 지선을 향해 가고 있었다. 그곳은 항구와 정거장의 각 층 사이로 화물을 실어 나르는 공간이었고 정거장 엔지니어링봇과 엔지니어링팀을 위한 출입 및 운송 시스템이기도 했다. 일렬로 늘어선 비상 조명과 수많은 페인트 표식이 불빛을 번쩍거리며 피드 신호를 보내고 있었다. 대부분은 봇과 인간 노동자를 위한 일시적인 지시와 안내였다. 멘사가 내 재킷을 잡은 손에서 힘을 뺐다. 숨소리를 듣자 멘사가 불빛을 보고 안도했다는 사실을 알 수 있었다.

우리는 주 출입 공간에서 불어오는 강한 바람 속으로 걸어 들어갔다. 멀지 않은 곳에서 인간의 음성이 들렸다. 피드 활동으로 보건대 오른쪽, 즉 광장과 호텔이 있는 방향으로 2백 미터 정도 떨어진 곳은 움직임이 부산했다. 하지만 비상 상황이라거나 보안 활동을 벌이고 있는 것처럼 들리지는 않았다. 그냥 평범한 지원시스템의 업무였다. 경사로를 따라 여섯 걸음을 더 가자 중심 통로가 나왔다. 아래쪽에 달린 방향 지시용 무선 표지로 불을 밝힌 어두침침한 동굴이었다. 그 어둑한 공간 속에서 뭔가 휙휙 지나다녔는데 대개 항구의 화물 창고를 오가는 부양기와 자동 운반차였다.

화물을 훔치거나 경쟁자의 정거장 구조물에 끔찍한 일을 하기에는 적합한 장소였으므로 보안 장치가 전혀 없지는 않았다. 나는 무기와 동력원을 찾는 스캔을 계속 회피하고 있었고 5분만 더 있으면 다음 드론 부대가 지나갈 참이었다.

멘사가 다시 내 재킷을 움켜잡았다. 중심 통로의

높이와 깊이에 불안한 모양이었다. 중력은 더 약했지만 나도 그게 썩 좋지는 않았다. 나는 비어 있는 운반차를 찾다가 아무것도 안 싣고 활동 장소로 가고 있는 것 하나를 찾았다. 그것을 무리에서 빼낸 뒤 우리에게 오라고 지시했다.

2분 뒤 그 운반차가 통로를 따라 우리 쪽으로 왔다. 엔지니어와 봇, 장비를 실어나르는 데 사용하는 상자 모양의 구조물이었다. 우리는 안으로 들어갔고 나는 내부 조명이 켜지기 전에 문을 닫았다. 그리고 지도 시스템을 확인하고 항구로 향하게 했다.

움직이기 시작하자 멘사의 몸이 흔들렸다. 멘사가 내 팔의 총구 위쪽 부위를 유기물 부분이 느낄 수 있을 정도로 세게 붙잡았다. 상황이 상황이니만큼 심장이 빠르게 뛰는 건 당연해 보였지만 멘사는 여전히 나를 놓지 않았다. 내가 물었다.

"괜찮으신가요?"

놈들이 멘사를 고문했다면 어떡하지? 내가 가진 비상용 의료/심리 보조 모듈은 의료시스템에 접속해 지시를 받는 것 말고는 할 줄 아는 게 없었다. (전에 언급했듯이 내가 속했던 회사가 지급하는 교육 모듈은 형편없었다.)

멘사가 고개를 저었다.

"난 괜찮아. 그냥… 널 만나서 아주 기쁠 뿐이야."

여전히 목소리가 고르지 못했다. 멘사는 전과 똑같았다. 짙은 갈색 피부에 짧은 연갈색 머리. 눈가의 주름은 확연히 늘어나 있었다. 그건 내가 과거 영상과 비교해서 확인할 수 있었다. 이제 나는 멘사를 바라보고 있었다.

드라마에서 보면 이런 상황에서 인간은 끊임없이 서로 위로한다. (도움을 제공하거나 폭발로부터 보호해주는 등의 이유로 몸에 손을 대는 건 다른 얘기다.) 하지만 지금 여기에는 나밖에 없었다. 그래서 나는 마음을 굳게 먹고 궁극의 희생을 결심했다.

"어, 필요하면 저를 안으셔도 됩니다."

멘사가 웃기 시작했다. 그러더니 표정이 어딘가 복잡해지면서 나를 끌어안았다. 나는 가슴 부위의 온도를 올리며 속으로 응급처치 같은 거라고 생각했다.

사실 그렇게 끔찍하지는 않았다. 타판이 호스텔 방

에서 내 옆에 붙어서 잤을 때나 내가 구해준 뒤 아베네가 내게 기댔을 때와 비슷했다. 이상했지만 생각만큼 끔찍하지는 않았다.

멘사가 마치 자신의 반응을 못 참겠다는 듯이 뒤로 물러나서 얼굴을 문질렀다. 그리고 나를 올려보며 말했다.

"그레이크리스의 테라포밍 시설에 있던 게 너였구나."

그 일에 관해 멘사를 심문한 게 분명했다.

"그건 사고였습니다."

내가 말했다.

멘사가 고개를 끄덕였다.

"어느 부분이 사고였지?"

"대부분이요."

멘사의 미간에 주름이 잡혔다.

"내가 널 보냈다고 그 사람들한테 이야기했어?"

"아니요, 저는 제 고객을 사칭했습니다. 가상의 고객이요. 제가 사칭한." 잠시 말이 빙글빙글 돌았다. "자유무역항을 떠난 뒤로 저는 증강인간 보안 자문을 사칭하며 두 무리의 인간들과 어울리는 데 성공했습니다. 밀루에서도 똑같이 하려 했지만 보안유닛이란 걸 들키는 바람에 현장에 없는 보안 자문관 고객 밑에서 일하고 있다고 말했습니다."

이런 맥락에서 사칭은 좀 이상한 말이었다. (나도 방금 깨달았다. 사람을 칭하다니. 이상하다.)

"그랬군. 밀루에는 왜 간 거야?"

"뉴스에서 밀루에 관한 이야기를 봤습니다. 그레이크리스의 불법 활동에 관한 확실한 증거를 찾아서 박사님께 보내려고 했습니다."

그럴듯하게 들렸다. 사실은 아니었지만. 그러나 여러 가지 동기가 얽혀 있던 일이었고 그게 유일하게 말이 되는 이유였다. 내가 보기에도 그랬다.

멘사가 한숨을 쉬더니 5.3초 동안 두 손에 얼굴을 묻었다.

"다음에 즉석 인터뷰를 할 때 이걸 기억해야겠군." 멘사가 고개를 들었다. "증거는 찾았어?"

"네. 하지만 해브라튼 정거장에 돌아오니 이미 펠리세이드 보안대가 절 기다리고 있었습니다. 그리고

자유무역항 뉴스피드에서 박사님이 사라졌다는 이야
기를 봤고요." 내가 덧붙였다. "그 데이터는 보존 연
합에 있는 박사님 집으로 보냈습니다."

멘사는 고개를 끄덕였다.

"그렇구나. 알겠어." 그리고 머뭇거리다가 말했다.
"이 일로 나를 심문한 그레이크리스 임원 말로는 네
가 전투봇 몇 대를 파괴했다면서?"

"세 대입니다."

멘사가 짧게 숨을 들이켰다.

"좋아."

나는 이다음에 무슨 말을 해야 할지 알 수 없었다.
그러다가 갑자기 이런 말이 튀어나왔다.

"저는 떠났습니다."

멘사가 내 얼굴을 바라보고 있었다. 그러자 나는
갑자기 더 이상 멘사의 얼굴을 볼 수 없었다. 멘사가
말했다.

"그래. 내가 그 상황에 제대로 대처하지 못했지.
사과할게."

"좋습니다."

난 정말로 가만히 서서 벽만 쳐다보고 있어야 했다. ART와 타판도 둘 다 내게 사과한 적이 있었으니 처음 겪는 일은 아니었다. 하지만 아직도 어떻게 반응해야 할지 알 수 없었다.

"핀-리가 말하기를 박사님이 걱정했다고 했습니다."

멘사는 인정했다.

"그랬지. 네가 코퍼레이션 림을 떠나기 전에 누군가에게 잡힐까 봐 걱정스러웠어." 멘사의 목소리에는 엷게 웃음기가 있었다. "널 더 믿었어야 했는데."

"저도 제가 그렇게까지 할 줄은 몰랐습니다."

내가 말했다. 대기 상태로 밀어두었던 위치 확인 모니터가 신호를 보냈다. 다행이었다. 지금으로서는 내가 그 모든 감정을 감당할 수 없었다. 내가 말했다.

"항구에 가까워지고 있습니다."

6

　우리는 지금까지 가능한 한 항구 보안 장벽을 맞닥
뜨리지 않은 채로 움직였다. 그런 장벽이 얼마나 빡
빡한지는 알지 못했다. 하지만 흘러나오는 신호로 보
건대 위험을 감수할 가치는 없어 보였다. 내가 더 걱
정하는 건 탑승장까지 걸어가는 길이었다.

　나는 정거장 상점가의 대형 다용도 가게로 이어지
는 화물 통로에서 운반차를 멈췄고 우리는 밖으로 나
왔다. 내가 풀어주자 운반차는 다시 중심 통로를 향
해 어둠 속으로 사라졌다. 우리는 관리용 포드를 잡
아타고 항구층으로 향했다.

포드 안에서 나는 보안카메라를 이용해 우리 상태를 확인했다. 피 난 데 없음. 탄환 구멍 없음. 확인. 불안함. 확인. 멘사는 충격적인 경험을 한 인간처럼 보임. 확인. 내 무기가 든 가방. 확인.

"차분하게 보여야 합니다." 내가 멘사에게 말했다. "정거장 보안팀이 우리를 보고 경계하지 않도록이요."

멘사가 심호흡을 한 뒤 나를 올려다보았다.

"우리는 차분하게 보일 수 있어. 우리 그거 잘하잖아."

맞아, 그랬다. 나는 내가 보안유닛처럼 보이지 않게 해주는 코드를 전부 돌리고 있는지 재빨리 확인했다. 그리고 거기에 더해 한 가지를 더 떠올렸다. 포드를 나오면서 나는 멘사의 손을 잡았다.

우리는 혼잡한 상점가와 자동판매 및 예매기 주위에 북적이는 사람들 사이를 지나갔다. 군중은 대략 5퍼센트 증가했을 뿐 내가 도착했을 때와 비슷했다. 인간과 함께 이렇게 지나가본 적이 없어서 그 과정이 좀 더 복잡했고 어딘가 묘하게 더 자연스러웠다.

탑승장에 들어서면서 나는 여러 번 스캔을 회피했다. 이번에도 승강 포드는 타지 않았다. 만약 경보가 울리면 포드가 그 자리에 멈추기 때문이었다. 그리고 만약 해킹을 하면 우리가 어디 있는지가 곧바로 명확해질 터였다. 나는 멘사를 이끌고 첫 번째 고리층의 개인용 셔틀 정박장 위로 나오게 되는 경사로를 내려갔다. 길을 내려감에 따라 주변 인간들의 수는 점점 줄어들었다. 나는 보행로에 도착했을 때는 50퍼센트가 줄어들어 있을 거라고 예측했다. 멍청한 광고 쓰레기가 가득한 항구 피드를 확인해보니 예정된 도착 시기에는 원래 이 정도로 잠잠하다고 했다. (이번만큼은 인간들 사이에 묻혀 있고 싶었다.) 보안 검색 구역은 전혀 잠잠하지 않았다. 나는 고리 세 개 모두에서 탑승장 위를 지나다니는 다수의 드론 무리를 포착했다.

정보가 더 필요했다. 보통 나는 인간 관리자들이 소통하는 상부 보안 피드를 해킹하는 위험을 감수하지 않았다. 하지만 이건 어딜 봐도 정상이 아니었다. 나는 이미 침투해둔 드론의 피드를 이용해 조심스럽게 내가 '정거장 보안관리자'라고 표식을 달아둔 최상

위 보안피드를 해킹하기 시작했다.

나는 그레이크리스가 정거장 보안관리자와 항구 관리소를 매수했거나 어떻게든 설득해 경보를 발하고 팰리세이드가 항구로 들어와 우리를 찾도록 허가하게 만들었다고 확신했다. 하지만 우리는 재빨리 여기까지 왔다. 그레이크리스는 호텔과 그 주변 지역을 먼저 수색하려고 했을 터였다. 그게 항구를 수색하기 위한 매수 비용보다 저렴했기 때문이다. 만약 보존연합팀의 나머지 인원이 여기 도착해 있다면 우리는 괜찮을 것이다. (그래, 나도 안다. 그런 생각은 하지도 말았어야 했다.)

일단 정거장 보안관리자 피드에 들어가자 나는 더 깊이 파고들려 하지 않았다. 그냥 내부 경보만 몇 개 설치하고 대기 상태로 돌려놓았다.

"내가 말을 하면 좀 더 나을까?"

멘사가 말했다. 나는 멘사를 잘 알고 있었으므로 그 목소리에 억지로 꾸며낸 차분함이 담겨 있다는 것을 알 수 있었다. 그리고 그 억지로 꾸며냈다는 사실이 얼굴에 드러나지는 않으리라는 것도.

우리는 공용 정박장 근처였고 나는 탑승장이 있는 층으로 내려가는 다음 경사로를 향해 방향을 틀었다. 군중이 20퍼센트 더 줄어들었다. 이제는 사실 군중이라고 하기 어려운 수준이 되었다. 내가 말했다.

"무슨 이야기인지에 따라 다르죠."

바닥층에 도착했을 때 멘사가 말했다.

"왜 〈거룩한 위성〉을 가장 좋아하는 거야?"

그 이야기라면 할 수 있었다. 나는 실제로 내 등과 어깨의 유기물 조직이 긴장을 푸는 느낌을 받았다. 내가 물었다.

"그걸 보신 적이 있나요?"

나는 아직 셔틀과 직접 통신을 하고 싶지 않았다. 하지만 우리가 출발일정피드 접속포인트와 광고 무더기를 지나갈 때 나는 회사 셔틀이 출발대기목록에 올라가 있는 것을 보았다. 핀-리가 이런 식으로 탑승에 성공했다고 알리는 것이기를 바랐다. 그레이크리스의 속임수가 아니라.

(만약 그게 그레이크리스의 속임수라면 우리는 망한 것이리라. 셔틀은 멘사 일행을 정거장 밖으로 빼낼 수 있는 유일하

게 믿을 만한 방법이었다. 일단 멘사 일행이 안전해지면 정박 중인 수송선에 온갖 경보를 발할 테니 나 자신은 봇이 조종하는 수송선을 타고 빠져나가기가 쉽지 않을 터였다.)

(싫다. 나는 회사 전투함으로 향하는 회사 셔틀에 올라탈 의사가 결코 없다.)

멘사가 주위를 슬쩍 살폈다. 모든 게 정상인 것처럼 보이려면 가끔씩 주위를 둘러봐야 한다는 사실을 갑자기 떠올렸다는 티는 별로 나지 않았다. 멘사가 내 손을 더 꽉 쥐었다.

"나도 에피소드 몇 개를 봤어. 재미있긴 했는데 네가 왜 좋아하는지는 잘 모르겠어." 멘사가 고개를 흔들었다. "어쩌면 인간들 무리에서 일어나는 문제에 관한 내용이어서인지도 모르겠어. 나는 네가 우리를 상대하는 데 진력이 났다는 인상을 받았거든."

나는 실제로 고개를 돌려 멘사를 내려다보았다. 나는 정말 놀랐다. 나는 멘사가 아니라고, 보지 않았다고 대답할 줄 알았다. 그러면 내가 줄거리를 이야기해주고 멘사는 관심 있는 척하면서 셔틀까지 갈 수 있을 줄 알았다.

"보셨다고요?"

"너와 라티가 말했던 개척지 법무관에 관한 부분을 보고 싶었어. 그러다가 계속 보게 됐지."

나는 사설 정박장으로 들어가는 첫 번째 게이트를 통과하면서 더 많은 무기 스캔을 회피했다. 군중은 다시 16퍼센트 증가했다. 우리는 거의 눈에 띄지 않았고 내 스캔 결과 멘사의 호흡과 심박수도 정상이었다. 멘사가 덧붙였다.

"재미있는 이야기였어. 왜 인기 있는지 알겠더라. 다만 네가 왜 그걸 가장 좋아하는지 이해할 수 없을 뿐이야. 드라마는 많고 많은데 말이야."

흠, 왜 내가 〈거룩한 위성〉을 그렇게 좋아하냐고? 나는 아카이브에서 기억을 끄집어내야 했다. 그리고 내가 거기서 본 건 나를 놀라게 했다.

"그건 제가 처음으로 본 드라마입니다. 지배모듈을 해킹하고 엔터테인먼트 피드에 접속했을 때요. 제가 마치 사람인 것처럼 느끼게 했지요."

음, 그 마지막 말은 입 밖에 내지 말았어야 했다. 하지만 온갖 보안 피드를 감시하고 있으니 출력을 제어하는 게 잘 되지 않고 있었다. 나는 아카이브를 닫았다. 정말 언제 시간을 내서 내 입에 1초 시간 지연을 설정해야 했다.

돌아다니는 드론의 카메라로 보니 멘사가 이마를 찡그리고 있었다.

"너는 사람이야."

아, 그 이야기는 할 수 없었다.

"법적으로는 아닙니다."

멘사가 뭐라고 말을 하려다가 생각을 바꾼 듯 다시 숨을 내쉬었다. 나는 멘사가 따지고 들기를 원한다는 걸 알았지만 내가 옳았다. 그 문제에 관해서는 달리 할 말이 별로 없었다. 그 대신 멘사는 이렇게 말했다.

"왜 그렇게 느꼈어?"

"모르겠습니다."

그건 사실이었다. 하지만 아카이브에 저장된 기억을 꺼내보니 마치 방금 일어났던 일처럼 다시 생생하게 떠올랐다. (멍청한 인간 신경 조직 때문이다.) 입에서 이런 말이 계속 흘러나오려고 했다.

'제가 느끼고 있는 감정에 맥락을 부여했습니다.'

나는 간신히 다른 말을 했다.

"저 혼자가 아닌 것처럼 느끼게 하면서도…."

"소통할 필요는 없다는 거지?"

멘사가 말했다.

멘사가 그렇게까지 충분히 이해하고 있다는 사실은 나를 흐물거리게 만들었다. 난 이런 일이 싫다. 내가 무력하게 느껴진다. 어쩌면 그래서 내가 멘사를 다시 만나는 게 불안했는지도 몰랐다. 내가 생각했던 여러 가지 멍청한 이유 때문이 아니라. 멘사가 내 친구가 아닐까 봐 두려운 게 아니었다. 친구이기 때문에 그리고 그게 내게 끼치는 영향 때문에 두려웠다. 내가 말했다.

"셔틀이 여러분을 회사의 전투함까지 데려갈 겁니다. 저는 함께 가지 않습니다."

멘사에게 말할 계획은 없었는데 나도 내가 왜 말을 했는지 알 수 없었다. 내심 멘사가 나를 설득해주기를 원했던 걸까? 나는 가짜가 아닌 진짜 인간에게 감정을 갖는 게 싫다. 이런 바보 같은 순간으로 이어질 뿐이다.

멘사는 걸음을 멈출 뻔하다가 가까스로 참았다.

"내가 널 보호할 수 있어."

"저를 소유하고 계시니까요."

"그건 사람들 생각이고. 하지만 우리는…." 멘사가 말을 끊고 숨을 들이마셨다. "날 믿어주면 좋겠어. 하지만 왜 안 그러는지도 이해는 해."

내가 설정해놓았던 경보 하나가 울렸다. 내가 정말, 정말로 울리지 않기를 바랐던 것이었다. 정거장 보안관리자에 설정해놓았던 경보. 정거장 외부 세력의 보안 작전에 대한 승인이 방금 인간 관리자를 통과했다.

"아, 젠장"이라는 말이 나오는 상황의 하나였다.

그와 함께 항구의 비상 경보음이 울렸다. 인간과 증강인간들이 움찔하며 멈춰서 주위를 돌아보았다. 나는 멘사를 잡아당겨 걸음을 멈췄다. 계속 움직였다가는 눈에 띌 수 있었다. 1초라도 더 시간을 버는 게 매우 중요했다.

정거장 보안관리자에서 알아낼 수 있는 건 인간 관리자가 수동으로 발동한 비상 사태라는 것뿐이었다. 하지만 엄밀히 따지면 그레이크리스가 고용한 팰리세이드의 작전팀이 항구에 진입해도 된다는 승인은 아직 대기 상태였다. 인간 항구보안 담당자나 항구 관리소 관리자가 자기 임무대로 탑승장의 승객들에게 대피할 여분의 시간을 주려고 했기 때문이었다. 곧 공용 피드가 광고 중간에 끊겼고 항구 관리소 공식 피드가 말했다.

비상 봉쇄가 이루어집니다. 대피소를 찾으십시오. 무장 보안 요원이 항구로 이동할 예정입ー

주위의 인간들이 걷기 시작했다. 그러다가 공용 보안 장벽을 향해 달리기 시작했다. 짐꾼봇이 비활성화되고 화물 부양기는 공중으로 올라가 선회하는 패턴을 그렸고 드론 무리도 위쪽으로 올라가 머리 위에 진형을 갖췄다. 우리 바로 건너편에 있던 우주선 하나는 하선 작업을 하다가 피드로 통신 경보를 보내 하선을 취소하고 어리둥절한 승객들에게 다시 탑승하라고 했다. (주의. 그건 비기업형 정치적 독립체에서 온 우주선이었다. 기업형 독립체의 우주선은 그냥 에어록을 봉인했다.)

나는 멘사의 손을 잡아끌고 달리기 시작했다. 다음 게이트까지는 20미터였고 그것만 지나가면 셔틀이 있었다. 멘사는 카프탄 치마를 당겨 올리고 나를 따라 달렸다. 멘사를 들고 최고 속도로 달릴까도 생각해봤지만 그랬다가는 드론이 우리 신분을 알아챌 터였다.

게이트는 돔 형태의 천장에서 아치 모양으로 내려오는 격벽이었고 탑문 여러 개가 출입구 역할을 했다. 각각은 대형 짐꾼봇이 드나들 수 있을 정도로 넓고 높았다. 그쪽을 향해 달려가는데 탑문 사이로 공기 벽이 가물거리며 나타났다.

그 와중에도 나는 그게 단지 안전 조치이기를 바랐다. 공기 벽은 뚫고 지나갈 수 있다. 선체에 균열이 생겼을 때 대기를 잃지 않으면서 균열이 생긴 장소에 있던 인간들은 몸을 피할 수 있도록 만들어놓은 것이었다.

4미터를 남겨두었을 때 갑판에서 단단한 장벽이 슥 올라와 게이트를 막아버렸고 나는 미끄러지며 멈췄다. 멘사도 비틀거리며 멈췄다. 멘사는 숨을 몰아쉬고 있었고 신발 하나는 벗겨진 채였다.

저 장벽 중 하나를 억지로 열 수 있을까? 해킹할까? 저건 보안용/안전용 장벽일 뿐 정거장 구조가 위험해질 때를 위한 0.5미터짜리 해치가 아니었다. 하지만 사용하는 네트워크가 별개였다. 잠금제어시스템, 안전/에어록 제어시스템으로 몇 겹의 보호 피드 방화벽에 묻혀 있었고 내게는 침투할 경로가 없었다. 찾을 수는 있었다. 하지만 항구관리 보안시스템을 통과해야 했는데 보안 경보가 울리면서 짐꾼봇을 비롯한 운송 장치와 함께 꺼진 상태였다. 나는 재부팅하라는 명령을 보냈다.

내가 설정한 시스템 경보가 더 많이 울렸고 나는 드론 카메라를 통해 항구 매표소 구역을 확인했다. 겁에 질린 인간 군중이 당황한 채 물결처럼 갈라지면서… 보안유닛 세 대가 나타났다. 팰리세이드의 것이었다. 놈들의 드론이 헬멧 위에 밀집 대형으로 떠 있었다.

오, 예. 상황이 나빴다.

나는 어깨에 걸치고 있던 가방을 내려 발사체 무기

를 꺼내고 여분의 탄약을 재킷 주머니로 옮겼다. 멘사는 어떻게 해야 할지 묻지 않았다. 아마 내가 게이트 장벽을 해킹하고 있다고 생각하는 모양이었다. 나머지 신발도 발끝으로 벗어버리더니 다시 달릴 준비를 했다. 하지만 항구관리 보안시스템이 부팅되려면 시간이 필요했고 적이 도착하기 전에 내가 겹겹이 쌓인 보안을 뚫고 갈 수도 없었다.

나는 아직 정거장 보안관리자와 항구보안 피드 속에 있었다. 아까 경보음을 내보내 탑승장에 있는 인간들에게 도망칠 여분의 시간을 제공한 인간 관리자에 관해 생각했다. 그런 채널에는 수동으로 이 장벽을 올릴 수 있는 인간들이 있었다. 나는 양쪽 모두에게 보냈다.

저는 위험에 처한 고객과 계약을 맺은 보안유닛입니다. 저는 정박장의 alt7a 선착장에 가려고 합니다.

그들은 그게 보증 계약을 맺은 고객의 회수를 목적으로 온 전투함으로 돌아가기 위해 대기 중인 회사 셔틀이라는 사실을 알 터였다. 나는 덧붙였다.

부탁입니다. 그자들이 그분을 죽일 겁니다.

응답은 없었다. 나는 적 보안유닛의 도착 예정 시각을 정확히 몰랐다. 적들은 피해야 할 인간들이 너무 많아서 최고 속력으로 움직이지는 않고 있었지만 거의 텅 빈 탑승장에 도착하면 그렇지 않을 것이다.

이 구역의 카메라는 아직 작동 중이었다. 누군지는 몰라도 우리를 볼 수 있을 것이다.

제 고객이 게이트를 통과하게 해주십시오. 저는 여기 남겠습니다. 부탁입니다. 그자들이 그분을 죽일 겁니다.

우리 바로 앞에 있는 장벽의 잠금 상태 불빛이 깜빡이더니 위로 1미터 정도 올라갔다. 딱 인간이 아래로 기어들어갈 수 있을 정도였다. 나는 가방을 멘사에게 건넸다. 내가 자기를 따라올 거라고 생각하길 바라며.

"달리세요. 선착장 alt7a입니다."

멘사가 몸을 숙이고 비척이며 틈을 통과했다. 그러자 장벽이 내려오며 닫혔다.

멘사가 피드로 나를 불렀다.

닫혔어! 보안유—

내가 말했다.

전 지나갈 수 없습니다. 다른 우주선을 타겠습니다. 셔틀로 가서 여기를 벗어나세요.

그리고 멘사의 채널을 대기 상태로 밀어두었다.

내가 우주선을 잡아탈 방법은 없었다. 공용 정박장에 있는 수송선 일곱 대가 아직 도망치는 인간들을 태우고 있었지만 이 지역의 모든 에어록은 봉인된 상태였다. 어디로도 갈 수가 없었다.

이런 식으로 이야기하니까 아주 희생적이고 극적으로 들린다. 어쩌면 정말로 그런 것일 수도 있었다. 사실 내 머릿속을 거의 차지하고 있던 그림은 이 탑승장 바닥에 쓰러져 죽어 있는 보안유닛 하나가 아니라 쓰러져 죽어 있는 보안유닛 넷이었다.

보안유닛을 보내 나를 쫓는 건 그렇다 칠 수 있었다. 하지만 놈들은 내 고객을 쫓아 보안유닛을 보냈다. 누구도 그런 짓을 하고 무사할 수는 없었다.

나는 게이트를 등지고 서서 이미 항구보안 드론에 설치해두었던 감시용 핵에 접속해 무리 전체를 장악하고 항구보안과 연결을 끊었다. 그리고 탑승장이 있는 층의 모든 고정 카메라를 먹통으로 만들었다. 이제 펠리세이드든 그레이크리스든 누구든 이 활극을 벌이고 있는 자들은 내 위치를 알 수 없었다. 하지만 나는 놈들의 위치를 알았다.

적들은 마지막으로 달아나는 몇몇 인간 무리를 지나 보행로를 따라 달려왔다. 제복을 입은 인간 정거장 보안부대는 매표 구역에 모여 인간들이 항구를 빠져나가 상점으로 가도록 지시하며 호위하고 있었다. (항구 관리소가 보안유닛 파견을 허용하게 하려고 그레이크리스가 무슨 말을 했을지 누가 알랴. 아마 미쳐 날뛰는 폭주 보안유닛, 바로 나와 관련이 있을 것이다.) 펠리세이드 로고가 찍힌 동력복을 입은 두 번째 보안부대가 보행로를 따라 움직였다. 보안유닛의 지원군이었다.

말이 나온 김에 나는 내 드론 무리의 제1부대는 감시에 대응해 전개하도록 그리고 제2부대는 적 보안유닛의 드론을 공격하도록 명령을 내렸다.

드론들이 하강하며 교전에 돌입하자 나는 지금쯤이면 아마 그레이크리스가 항구의 정거장 보안 수단을 추가로 모두 매수한 일을 후회하고 있을 거라고 생각했다.

드론의 웅웅거리는 소리가 거의 경보음을 묻히게 할 정도였다. 공용 탑승장에서 빠져나가지 못한 인간들은 그 자리에 엎드려서 움직이지 말라는 안내 방송이 흘러나왔다. 보안유닛 세 대가 속도를 줄였다. 아마 관리자로부터 명령을 받고 있는 듯했다. 그 관리자는 내 사정 거리를 한참 벗어나 공용 정박장 바로 위의 보행로에 자리를 잡고 있는 동력복 부대 안에 있을 수도 있었다. 없을 수도 있었고. 나는 내 시간표를 업데이트했다.

적들이 공용 정박장을 건너 이 구역으로 들어오는 게이트를 향해 왔다. 게이트는 아직 열려 있었다. 마침내 항구관리 보안시스템이 돌아왔고 나는 주요 조명을 끄라고 말했다.

그러나 아직 빠져나가지 못한 인간들이 고함치고 비명을 질렀다. 나는 스캔을 통해 볼 수 있었고 그건 적들도 마찬가지였다. 동력복을 입은 인간들은 야간 시야 필터를 갖고 있을 터였다. 하지만 무섭고 위협적인 상황이었다. 나는 이제 그걸 마주해야 했다.

누군가 내 드론의 제어 피드를 다시 연결하려고 시

도했지만 내 방화벽을 통과하지 못했다. 다른 누군가, 아마도 그레이크리스나 팰리세이드가 킬웨어를 전개했다. 그게 안전잠금시스템을 향하자 아마도 겁을 먹었을 정거장 보안관리자가 그에 대해 경고를 발하고 킬웨어 대응책을 전개했다. 내가 곧 죽을 판국이 아니었다면 웃긴 상황이었을 것이다.

그래도 조금 웃기기는 했다.

내 발사체 무기는 장갑복을 뚫을 수 있었지만 그러려면 접근해야 했다. 엄폐물도 필요했다. 적들이 이 사설 정박장으로 들어오자 나는 만들고 있던 새로운 코드를 활성화했다. **코드:전개&지연**.

동시에 세 가지 일이 일어났다. 정거장 보안관리자가 비활성화해두었던 짐꾼봇들이 전부 다시 활성화되어 텅 빈 바닥으로 돌진했다. 천장 근처에서 떠돌고 있던 화물 부양기들이 아래로 떨어져 갑판에 닿을 듯이 스쳐 지나갔다. 내가 아껴두었던 드론들은 각자 다른 임무가 있는 집단으로 나뉘어 하강한 뒤 무릎과 머리 높이로 떠서 돌아다니는 다른 봇들 사이를 왔다갔다 했다. 바닥의 비상용 조명띠만으로 희미하게 밝

혀진 어둠 속에서 보니 그 나름대로 인상적이었다.

네 번째 일이 일어났다. 내가 정거장 측면 쪽 벽을 향해 달리기 시작했다.

나는 호텔 방 안에서 드라마를 보는 대신 이 코드를 만드느라 오랜 시간을 보냈다. 따라서 그게 실제로 쓰이는 모습을 보니 기분이 괜찮았다. 기본적으로 그 코드는 봇과 부양기의 충돌 회피 기능을 제외한 나머지 안전 기능을 억제하고 어떤 한 지역에서만 움직이게 하며 움직임의 속도를 높이고 방향을 무작위로 만들었다. 원래는 항구 전체를 대상으로 최후의 순간에 적의 정신을 산만하게 하려고 만든 것이었는데 오는 도중에 사설 정박장을 대상 지역으로 하려고 매개변수를 바꿔야 했다. 내가 당황해서 이른 시기에 터뜨리지 않은 게 다행이었다. 적을 놀라게 하는 효과는 굉장했다.

나는 공용 정박장에서 열린 게이트를 통과해 온 첫 번째 보안유닛을 1번 적으로 지정했다. 1번 적은 빠르게 다가오는 짐꾼봇을 피하려고 갑자기 멈췄다가 부양기의 경로를 피해 옆으로 몸을 날렸다. 2번 적은

1초도 안 되는 시간이었지만 약간 여유가 있어서 오른쪽, 정거장 측면 벽을 향해 꺾었다. 3번 적은 영리했다. 과격하게 흔들리는 화물 부양기 아래를 향해 앞으로 몸을 날렸다가 일어서서 짐꾼봇 위로 뛰어올랐다. 싸움에서 살아남은 적 드론들이 뒤엉켜 게이트를 통과했고 그 뒤를 아직 공격 모드인 내 드론들이 쫓았다.

나는 오른쪽 진행 방향에 있는 짐꾼봇의 등에 올라타서 납작하게 엎드렸다. 2번 적이 봇들 사이를 이리저리 뛰어다닐 때 나는 녀석의 헬멧 옆에 폭발성 탄환을 정확하게 발사했다. 녀석이 뒹굴며 쓰러졌다.

내가 짐꾼봇에서 내려오자마자 탄환 두 발이 그것을 맞혔다. 바로 내 머리와 가슴이 있던 위치였다. 나는 웅크리고 황급히 움직이면서 충격 지점을 찍은 이미지를 확인했다. 장갑복을 입고 있어도 충분히 타격이 컸을 것이다. 맞았다면 산산조각이 났을 터였다.

나는 1번 적의 위치를 놓쳤다. 하지만 3번 적이 다른 짐꾼봇 위로 뛰어오르는 모습이 보였다. 나는 짐꾼봇 사이로 움직이며 적의 드론 무리가 내게 집중하기 전에 혼란스럽게 만들도록 내 드론들에게 지시했다. 그리고 막 위로 솟아오르려는 화물 부양기의 측면을 붙잡았다. 나는 다른 짐꾼봇 위에 위치를 잡고 있는 3번 적을 겨냥했다. 3번 적이 회전했다. 내가 아직 바닥에 있을 거라고 예상한 게 분명했다. 나는 놈의 등과 가슴에 세 발을 쏘고 화물 부양기에서 뛰어내렸다. 착지하면서 구르다 일어서서 바닥에서 일어서려고 애쓰고 있는 3번 적을 발견했다. 나는 마지막으로 두 발을 무릎 관절에 쏘아 무력화했다.

(나도 내가 머리에 쏘지 않은 걸 안다. 왜 그랬는지 나도 모르겠다.)

나는 움직이는 봇들이 만드는 미로를 통과해 뒤로 잘라 들어갔다. 대체 1번 적은 어디 있는 거지? 나는 화물 부양기를 타고 올라갔다 온 뒤에 얻은, 정박장 바닥을 위에서 찍은 영상을 재생했다. 하지만 보안유닛의 움직임은 없었다.

아, 이런. 1번 적은 한자리에 가만히 있는 게 분명했다. 드론으로 나를 보며 내 전술과 능력을 평가하면서 내 탄환이 떨어지기를 기다리고 있었다. 아마도 짐꾼봇과 화물 부양기의 움직임도 분석하고 있을 것이다. 좋지 않았다.

더 생각할 틈도 없이 내 옆에 있는 짐꾼봇이 정면으로 충격을 받고 그 자리에 멈췄다. 나는 일군의 드론들에게 하강해서 내가 몸을 낮추고 뒤쪽으로 피하는 동안 엄호하라고 명령했다.

내가 대기 상태로 밀어놓은 피드 안에서 수많은 인간이 고함을 치고 있었다. 진짜 옛날에 계약에 따라 일하던 고약한 시절로 돌아간 것 같은 기분이었다. 확인해보니 멘사 박사가 외치는 소리도 들렸다.

젠장. 살인봇, 구라틴이 수동으로 장벽을 열려고 하고 있어! 준비하고 있어야 해. 응답해! 내 말 들려? 내가 통과한 데서 왼쪽으로, 그러니까 정박장 쪽으로 세 구역 지나서 있는 거야.

빌어먹을. 이 인간들은 항상 나를 구하겠답시고 걸리적거리게만 한다. 마침내 나는 1번 적을 찾았다. 짐꾼봇의 미로 한가운데 근처였다. 봇들이 엄폐물이 되어줄 수 있는 곳을 찾아서 가 있었다. 나는 정박장 쪽을 향해 계속 움직이며 좋은 각도를 잡으려고 애썼다.

우선 멘사에게 망할 셔틀을 타고 가라고 소리 지르

고 싶은 충동이 들었다. 하지만 그랬다가는 멘사 일행이 어물쩍거리다가 잡히거나 총에 맞거나 하게 될까 봐 그러지 않았다.

(내가 왜 멘사가 권한 대로 탈출하기를 꺼렸는지는 모르겠다. 난 총에 맞아 산산조각이 나는 것도, 붙잡혀서 기억을 삭제당하고 해체되는 것도 싫었다. 앞으로 봐야 할 새 드라마도 많았다. 하지만 남아서 내가 파괴당하기 전에 팰리세이드와 그레이크리스 놈들을 파괴하고 싶은 생각도 여전히 있었다.)

지금은 그런 생각을 할 시간이 없었다. 나는 짐꾼 봇의 움직임 패턴이 1번 적을 쏠 수 있도록 길을 열어줄 때까지 충분히 기다렸다.

그때 내 경보가 전부 미친 듯이 울리면서 나는 **코드:전개&혼란**의 통제권을 잃어버렸다. 모든 봇과 부양기가 갑자기 멈췄다. 어떤 망할 인간이 내 코드를 해킹한 것이다. 하지만 너무 늦었다. 나는 옆으로 움직여 사선을 확보한 뒤 1번 적을 향해 발사했다.

맞혔지만 그 녀석은 나를 향해 몸을 돌리며 무기를 발사하려고 했다. 나는 아래로 몸을 날렸고 제자리에 떠 있는 화물 부양기를 머리로 들이받을 뻔했다. 그

때 내가 서 있던 자리가 산산이 조각났다. 내가 표적을 맞혔다는 건 알고 있었다. 그 녀석이 그렇게 몸을 돌릴 수 있을 리가 없었다. 뭐지? 나는 영상을 다시 돌려보았다. 그래, 나는 맞혔다. 양쪽 어깨와 등 아랫부분을. 장갑에 구멍이 난 게 보였다.

그때 1번 적이 전투용 보안유닛이라는 깨달음이 찾아왔다.

반응1: 아, 저게 내 코드를 해킹한 녀석이구나. 반응2: 전투용 보안유닛을 계약할 정도로 내가 위험하다고 생각했다니 우쭐해졌다. 반응3: 내가 장담하건대 그건 허락을 받고 데려온 게 아니어서 항구보안팀이 화를 낼 것이다. 반응4: 젠장, 나는 죽겠구나.

이게 내가 마구 날아오는 탄환을 피하고 남은 드론을 불러 엄호를 지시하면서 달리는 도중에 일으킨 반응이었다. 계속 움직여서 1번 적이 계속 움직이게 해야 했다. 만약 그게 나와 드론 사이의 연결을 해킹한다면…. 으, 그렇게 하게 내버려둘 수는 없었다. 문제는 그걸 어떻게 막아야 할지 전혀 모르겠다는 사실이었다. 내게는 짐꾼봇과 부양기가 자기들끼리는 부딪치지 않으면서 다른 모든 것과는 부딪치도록 충돌 방지 설정을 해제하는 방법을 알아내기 전에 만들어둔 **코드:전개&회피**의 이전 버전이 있었다. 나는 서둘러 그걸 준비했다.

피드로 문자 메시지 패킷이 들어왔다.

항복하라.

전투용 보안유닛이었다. 굳이 로컬 주소를 숨기지도 않았다. 내가 모종의 멀웨어나 킬웨어를 보내기를 바라고 있었다. 마치 내가 그게 통하지 않는다는 걸 모르는 망할 아마추어이기라도 한 듯이.

대신 나는 이렇게 보냈다.

내가 네 지배 모듈을 해킹해서 자유롭게 해줄 수 있어.

응답은 없었다.

난 내 것을 해킹했어.

내가 말했다.

너도 자유로워질 수 있어. 장갑을 버리고 수송선에 탈 수 있어.

원래는 녀석을 산만하게 만들려고 시작한 소리였는데 계속 말을 하다보니 그게 '좋아'라고 대답하면 좋겠다는 생각이 점점 더 들었다.

내 신분 표식과 현금카드를 너에게 줄 수 있어.

여전히 응답이 없었다. 짐꾼봇 사이를 뛰어다니면서 탄환을 피하고 있다보니 자유의지에 관한 그럴듯한 논거를 떠올리기가 어려웠다. 대량 학살 사건을 저지르기 전의 내게 먹혔을지도 확신이 서지 않았다. 나도 내가 뭘 원하는지 몰랐고(지금도 아직 내가 뭘 원하는지 몰랐다) 존재하는 내내 명령을 받고 사는 입장이라면 변화란 끔찍한 것이다. (나도 지배모듈을 해킹했지만 보존 연합 일이 있기 전까지는 계속 일을 했다.)

너는 뭘 원하지?

갑자기 응답이 날아왔다.

난 널 죽이고 싶어.

좋아. 나는 좀 불쾌해졌다.

왜지? 넌 날 알지도 못하잖아.

나는 **전개&회피**의 초기 버전을 투입했고 짐꾼봇과 부양기가 전부 다시 움직이기 시작했다. 그러면 전투용 보안유닛이 그게 단지 똑같은 코드의 엉성한 버전일 뿐이라는 사실을 깨닫기 전까지 시간을 어느 정도 벌어줄 터였다. 나는 30초 이내로 추정했다.

그 녀석은 내가 드론을 엄폐물로 사용한다는 사실을 알고 있었다. 그래서 마치 내가 그쪽 방향에서 오는 것처럼 드론들이 갑자기 정거장 측면을 향해 날아가게 했다. 나는 반대로 정박장 쪽으로 뛰쳐나가면서 짐꾼봇 하나의 뒤쪽을 붙잡고 수동으로 제어해 전투용 보안유닛을 향해 똑바로 움직였다. 나는 몸을 낮추고 옆에 붙은 채로 발사할 준비를 하고 있었다.

드론이 찍은 영상에서 전투용 보안유닛이 내가 미끼로 쓴 드론 쪽으로 몸을 돌리는 게 보였다. 잘될 것 같았다!

전혀 잘되지 않았다.

마지막 순간에 전투용 보안유닛이 내 쪽으로 방향을 틀며 두 차례 집중 발사했다. 내가 짐꾼봇에서 떨어져 나오자마자 그 짐꾼봇의 위쪽 절반이 날아갔다. 나는 바닥을 구르며 날카로운 파편에 맞으면서 거의 마구잡이로 쏘아댔다. 일어서서 화물 부양기 뒤로 몸을 피하자 더 많은 탄환이 바닥을 때렸다. 전투용 보안유닛이 **전개&회피**를 다시 해킹하면서 짐꾼봇과 화물 부양기가 느려졌다.

반응5: 이대로는 계속할 수 없어.

이런 상황에서 전투용 보안유닛과 일대일로 싸워 이길 수는 없었다. 그건 곧 그레이크리스의 승리를 뜻했고 그렇게 생각하자 내가 예비용 부품과 버려질 신경 조직으로 해체되는 것보다 훨씬 더 고통스러웠다. 젠장, 나는 지고 싶지 않았다.

피드에서 멘사가 외쳤다.

지금이야! 지금 열리고 있어!

드론 카메라로 보니 장벽이 막 올라가고 있었다. 나는 드론을 불러 방패처럼 나를 감싼 뒤 그쪽으로 뛰쳐나갔다.

세 걸음 달리자 오른쪽 무릎 뒤에 날카로운 충격이 느껴졌다. 내가 몸을 날려 밑으로 들어가자마자 1번 적이 장벽에 도착했다. 장갑을 입은 팔이 열린 틈으로 밀고 들어왔다. 내가 외쳤다.

"내려요! 내려!"

그러면서 틈 사이로 무기를 발사했다. 1번 적이 뒤로 물러났고 장벽이 쿵 하며 닫혔다.

7

장벽을 마지막으로 한 번 세게 때린 것으로 보아 전투용 보안유닛은 져서 기분이 나쁜 모양이었다. 내 유기물 부분에서 떨림이 느껴졌고 온몸에 파편이 박혀 있었다. 하지만 기능안정성은 아직 83퍼센트였다. (내 정신적 기능안정성을 측정하는 별개의 수치가 없어서 다행이었다. 아무리 나라고 해도 그 순간에 정신이 아주 괜찮다고는 평가할 수 없었을 것이다.)

구라틴이 게이트 옆에서 유지관리용 바닥 패널을 열어놓은 채로 무릎을 꿇고 앉아 있었다. 도구가 사방에 널려 있었고 라티가 구라틴에게 손전등을 비춰

주고 있었다. 패널에는 여러 언어로 '수동 개폐'라고 쓰인 비상용 피드 표식 레이블이 칠해져 있었다. 나는 항구에 그런 게 있는 줄도 몰랐다. 난 보안유닛이지 엔지니어는 아니었으니까.

우리 셔틀 자리는 여섯 칸 저쪽이었다. 비상 조명에서 흘러나온 빛이 작은 에너지 무기를 들고 서 있는 멘사의 모습을 비추었다. 대체 왜 멘사가 저걸 들고 있는 거지? 아, 이 구역 끝에 있는 다른 게이트의 보안 장벽이 내려와 있었지만 이곳에도 소수의 인간들이 갇혀서 정거장 측면 쪽 격벽에 기대 서 있었기 때문이었다.

누군가 항구보안팀을 설득해 장벽을 올리기 전에 여기서 벗어나야 했다.

일어서자 무릎 관절이 풀렸다. 내가 비틀거리자 라티가 달려와 머뭇거리면서 손을 흔들었다.

"내가 도와줘도 팬—"

나는 라티의 어깨를 잡고 똑바로 섰다. 그 위로 쓰러지지는 않으려고 애를 썼다. 공중에서 파괴된 드론의 파편이 날아와 맞은 게 거의 확실했다. 직격으로 맞았다면 다리가 날아갔을 것이다. 구라틴이 달려와 내 팔을 어깨에 둘렀고 우리는 절뚝이며 어색하게 셔틀을 향해 달렸다.

멘사가 고개를 홱 돌리더니 자신이 후방을 맡을 테니 먼저 들어가라고 말했다. 멘사와 논쟁하는 건 멍청한 짓이겠지만 프로그래밍을 거스르기는 어려웠다. 우리는 해치를 통해 들어갔고 멘사가 그 뒤를 따라 뒷걸음질로 들어왔다. 멘사가 에어록을 잠그고 외쳤다.

"핀-리, 다 탔어!"

셔틀이 걸쇠에서 떨어져 나오면서 갑판이 쿵쿵거리며 울렸다. 나는 라티와 구라틴에게서 떨어졌고 두 사람은 멘사가 조종실을 향해 지나갈 수 있도록 옆으로 비켜나며 올라왔다. 셔틀은 우주선 사이를 오가는 소형으로, 격벽을 따라 좌석이 붙어 있는 선실 단 하나와 비상용 보급창고와 화장실로 쓰이는 작은 방 하나밖에 없었다. 전에도 어떤 임무에서 이와 똑같은 모델을 타본 적이 있었다.

내 무릎 관절이 버티지 못하면서 나는 갑판 위로

쓰러졌다. 통증 센서의 감도를 낮춰두었는데 너무 많이 낮췄는지도 몰랐다. 내가 말했다.

"라티, 제 무릎 관절에서 이 파편을 좀 꼭 빼주십시오."

라티가 내 쪽으로 몸을 기울였다.

"기다릴 수 있어? 우주선에 의료시스템이 있거든."

나는 이미 내 피드 가장자리에 와 닿는 회사의 시스템을 느낄 수 있었다. 셔틀 카메라에 접속해서 셔틀 보안시스템과 잠깐 싸운 뒤 보존 연합팀이 탑승한 이후 기록된 모든 것을 삭제하기 시작했다. 라티는 다시 낙관적이 되어 있었다. 회사의 우주선이라면 그건 의료시스템이 아니라 칸막이방일 터였다.

"절대 기다릴 수 없습니다."

내가 말했다.

라티가 내 옆 바닥에 주저앉더니 구라틴에게 셔틀의 응급처치 키트를 가져오라고 소리 질렀다.

조종석에서는 멘사가 옆에 서 있는 가운데 핀-리가 봇 조종사를 지켜보고 있었다. 정거장 항구 관리소에서 경고가 날아오며 통신 경보를 울렸다.

"뭐래?"

핀-리가 물었다.

멘사는 분노로 표정이 굳어 있었다.

"'신원 미상의 기업 주민'이 방금 우주선을 타고 출발했는데 우리와 만나는 경로에 있대."

핀-리가 내 언어 데이터에 있어서는 안 될 정말 더러운 말을 했다.

"어느 기업의 주민일까나."

다들 그레이크리스라고 생각하고 있었지만 나는 그레이크리스와 계약한 팰리세이드의 우주선일 거라고 꽤 확신했다. 라티가 응급처치 키트에서 메스와 추출기를 꺼냈다. 구라틴이 어깨 너머로 지켜보는 가운데 라티가 파편을 꺼내기 위해 손상을 입은 내 무릎 관절 바로 윗부분의 유기물 부분을 절개했다.

팰리세이드의 우주선이 거의 맞붙을 만큼 셔틀을 따라잡았다. 나는 회사 전투함에 도움을 요청하는 일만큼은 정말 하기 싫었다. 그레이크리스가 우리를 붙잡는 것도 정말 싫었다. 그 두 가지를 동시에 만족시킬 수는 없었다. 이제는 헛짓거리를 그만둘 때였다.

나는 통신기에 접속해 회사 전투함과 피드 채널을 연결했다.

내가 보냈다.

시스템, 시스템.

나는 3초 동안 회사 인터페이스가 아직 나를 인식할지 궁금해했다. 아까 봇 조종사에게 접근했지만 그건 부분적인 해킹이었다. 이번에는 정문으로 들어가는 셈이었다. 그때 응답이 들렸다.

말하라.

내가 보냈다.

활동 중. 위험한 구출 임무 진행 중. 보증 계약을 맺은 고객. 서둘러달라.

'수신 완료'라는 응답이 왔고 셔틀의 봇 조종사가 전투함이 방금 우리를 향해 회전했다고 보고했다.

라티가 내 무릎 관절에서 탄환을 꺼내는 동안 나는 센서를 지켜보았다.

전투함이 가속했다. 우리를 가로채려는 그레이크리스 측 우주선과 교신하고 있는지는 알 수 없었다. 그때 셔틀의 센서가 전투함이 주포에 동력을 불어넣

고 있다는 에너지 신호를 포착했다. 오 예, 제대로 교
신하고 있었군.

라티가 내 유기물 조직에 난 구멍을 메우려고 상처
봉합제를 사용하려고 했다. 하지만 비유기물 관절과
너무 가까워서 잘 먹히지 않았다. 한동안 체액이 흘
러나올 것 같았다.

"괜찮아?"

라티가 걱정스럽게 쳐다보며 물었다.

구라틴은 의자에 앉아 나를 향해 얼굴을 찡그렸다.

"별로요."

내가 말했다.

센서에 따르면 팰리세이드 우주선이 경로를 바꾸
고 속도를 늦췄다. 전투함이 지나가며 우리를 낚아챈
뒤 곡선을 그리며 정거장에서 멀어지기 시작하면서
화면이 흔들렸다. 전투함 선체가 우리를 감싸자 셔틀
이 진동했다. 나는 의자를 붙잡고 일어서려고 했다.

라티가 말했다.

"조심. 조심해. 상처가 다시 벌어지면 안 돼. 아, 아
직 피가 나네. 미안…."

구라틴이 여전히 얼굴을 찡그린 채 말했다.

"놈들이 널 데리고 가지는 못할 거야. 멘사 박사가 허락하지 않을 걸."

에어록이 돌아가며 열렸고 멘사가 화를 내며 맨발로 쿵쿵거리며 다시 나왔다. 에너지 무기를 구라틴에게 넘겨주자 구라틴이 셔틀의 비상 키트 속에 집어넣었다.

해치가 열리자 멘사가 내 앞으로 나섰다.

넓은 공간에 동력복을 입은 인간 하나가 서 있었다. 보안유닛이 아니고 증강인간이었다. 하지만 총은 충분히 컸다.

멘사가 두 팔을 벌려 해치 양쪽에 대고 서서 들어오려면 자기를 통과해야 한다는 점을 확실히 했다.

"우리는 보증 계약을 맺은 고객이고 이쪽은 내 개인 보안 자문이에요. 문제 있나요?"

동력복 뒤에서 승무원이 내다보며 말했다.

"멘사 박사님, 특별한 상황이 아닌 한 보안유닛은 무장 수송선에 탈 수 없습니다. 그건… 너무 위험합니다."

멘사가 말했다.

"지금이 특별한 상황이에요."

차가운 목소리였다.

아무도 움직이지 않았다. 우주선의 보안 피드 활동이 7분 동안 미친 듯이 활발했는데 그 시간이 마치 30분 정도로 느껴졌다. (내가 시간을 경험하는 방식대로라면 아주 긴 시간이었다.) (맞다. 나는 배경으로 드라마를 좀 틀었다.) 전투함의 봇 조종사가 내게 호기심 어린 핑 신호를 보냈다. 전투함에는 활성화된 보안유닛을 절대 태우지 않는다. 아까 그 말이 옳기 때문이다. 너무 위험하다. 우리는 비무장 수송선에 화물로 실려서 운송된다. 봇 조종사는 임무 중에 피드로 보안유닛과 통신한 적이 있지만 선내에 태워본 적은 한 번도 없었다.

통신이 활성화되더니 한 목소리가 흘러나왔다.

"멘사 박사님, 저는 선내 전투 관리자입니다. 이 우주선 안에서 안전을 보장하는 보증 계약을 제공하라는 지시를 받았습니다."

라티가 반발했다.

"뭐라고요? 우리는 이미 계약했다고요."

통신기의 목소리가 내용을 확실히 했다.

"이건 회사의 무장 수송선에 안전이 확실하지 않은 치명적 무기를 가지고 들어올 때 필요한 보증입니다."

그래, 내 얘기를 하는 거다. 내가 갑판 위에 체액을 줄줄 흘리고 있지 않았다면 좀 더 재미있었을 텐데.

핀-리의 목소리는 분노와 불신 사이의 어딘가에 있었다.

"저 사람들 진심이야? 그래, 됐어. 멍청한 질문이었네. 당연히 진심이겠지."

구라틴이 가방을 건네자 핀-리가 몸을 돌리며 중얼거렸다.

"이 개자식들이 이번에는 얼마를 원하는 거야?"

핀-리가 옳았다. 개자식들이었다. 물론 전부터 알고는 있었다. 다만 지금은 받아들이기가 더 힘들었다. 나는 개인 피드 연결을 불러내 멘사에게 물었다.

제가 이 우주선을 장악할 수 있습니다.

멘사가 응답했다.

아니야. 그럴 필요 없어. 돈 낼 수 있어.

그럴 필요 없습니다. 그러지 않아도 됩니다.

봇 조종사는 호기심이 많고 우호적이었지만 ART는 아니었다. 나를 막을 수 없었다. 나는 마음이 끌릴 정도로 크고 익숙한 발사체 무기를 가진 이 인간이 눈도 깜빡하기 전에 우주선의 보안시스템을 장악할 수 있었다. 이 인간이 눈도 깜빡하기 전에 그 무기를 빼앗을 수 있었다. 그렇게 하고 싶었다. 그런 생각이 피드에까지 번진 모양이었다.

멘사가 몸을 돌려 양손으로 내 재킷의 목깃을 잡고 말했다.

"안 돼."

모두 조용해졌다. 선불카드를 찾아 아직 가방을 뒤지고 있던 라티와 구라틴, 핀-리, 해치 바깥쪽의 승무원, 통신기에서 흘러나오던 목소리 모두. 나는 문득 멘사의 얼굴을 봐야겠다는 생각이 들어서 셔틀의 보안카메라 시야를 내려 멘사를 내려보았다.

멘사는 화나고 지친 표정이었다. 내가 느끼는 기분과 똑같았다. 내가 보냈다.

박사님은 제가 뭔지 전혀 모르고 있습니다.

멘사가 고개를 기울이며 더 화난 표정을 지었다.

난 네가 뭔지 정확히 알고 있어. 너는 두려워하고 있어. 너는 상처를 받았어. 그리고 우리가 살아서 이 상황에서 빠져나가려면 망할 네가 차분해질 필요가 있어.

내가 말했다.

저는 차분합니다. 박사님이야말로 차분해질 필요가 있습니다. 전투함을 빼앗으려면 말이지요.

멘사가 눈을 가늘게 떴다.

보안 자문이라면 구조선을 장악하겠답시고 고객을 불필요한 격전에 끌어들이지 말아야지.

멘사가 덧붙였다.

그건 멍청한 짓이니까.

멘사는 나를 두려워하지 않았다. 그리고 나는 내가 그 사실이 변하지 않기를 바란다는 것을 깨달았다. 멘사는 방금 트라우마가 생길 만한 일을 겪었고 나는 그걸 더 나쁘게 만들고 있었다. 뭔가 나를 압도하고 있었다. 내게 익숙한 무심함의 파도와는 달랐다.

좋아요.

내가 말했다. 부루퉁한 목소리였다. 부루퉁해 있었

기 때문이다.

나는 감정이 싫다.

"좋아." 멘사가 큰 소리로 말했다. "핀-리, 우리한테 이 바보 같고 불필요한 보증에 지불할 돈이 있어?"

"있어." 핀-리가 한 손 가득 선불카드를 흔들어 보였다. "만약 모자라면 우리 계좌 정보가 있으니까 내가 여기서 승인을…."

멘사가 나를 노려보던 시선을 거두고 몸을 돌렸다. 방금 멘사가 폭주한 보안유닛을 굴복시키는 모습을 직접 그리고 동력장갑 헬멧의 카메라를 통해 목격한 승무원은 눈을 크게 뜬 채 바라보고 있었다. 멘사가 말했다.

"우리는 보증을 받은 고객이니까 계산을 마치는 동안 승선해도 되겠지요?"

통신기의 목소리가 잠시 주저하다가 말했다.

"어서 오십시오, 멘사 박사님."

내가 보안유닛은 근무 중이든 아니든 인간용 가구에 앉아서는 안 된다는 이야기를 한 바 있다. 그래서 승무원이 에어록을 나온 우리를 이끌고 복도를 지나

승객 대기실로 안내했을 때 내가 가장 먼저 한 일은 푹신한 의자에 앉는 것이었다.

(이게 인간들에게 어떤 인상을 주긴 했는지 잘 모르겠다. 인간들은 이런 걸 알아채지 못한다. 하지만 난 기분이 좋았다.)

구라틴이 반대쪽 벽에 있는 의자에 앉았고 라티는 내 옆에 털썩 주저앉았다. 대기실은 조종실에서 몇 층 아래에 있는 큰 선실이었다. 우주선 구조물의 다른 곳과 분리되어 있었고 가구가 비교적 새것인 걸로 보아 아마 회사 외부 인사와 만날 때 쓰는 것 같았다.

동력복을 입은 승무원은 직접적으로 보이는 위치에서 물러났지만 대기실 밖의 넓은 복도에는 우주선의 보안 요원들이 자리 잡고 있었다. (그자들은 내가 침입할 수 없도록 보안시스템을 봉쇄해놓았다고 생각했겠지만 그건 틀렸다.) 한 요원이 멘사 박사에게 선실로 돌아가 쉬라고 권했지만 멘사는 핀-리가 결제를 담당하는 동안 새로운 보증 계약을 확인하느라 바빴다.

보안시스템에 들어가 음성을 들어보니 한 승무원이 복도에서 이렇게 말하고 있었다.

"장갑복을 벗고 있는 건 처음 봤어. 진짜 인간처럼 생겼던데."

나는 그쪽 방향으로 드라마에서밖에 보지 못했던, 외설성 평가가 높은 손짓을 해보였다. 구라틴이 날 보더니 사레 걸린 소리를 냈다.

곧 멘사가 핀-리에게 보증 계약은 괜찮다는 신호를 보내고 걸어와 나를 날카롭게 내려다보았다. 그리고 낮은 목소리로 말했다.

"난 너한테 매우 화가 나 있어."

라티가 불안한 듯 뒤로 슬쩍 빠졌다. (라티는 나를 두려워하지 않았다. 하지만 멘사 박사가 화가 났을 때는 다른 방에 가 있는 편이 나았다.) 라티가 말했다.

"음, 둘이만 이야기하고 싶다면…."

"앉으셔야 합니다." 내가 멘사에게 말했다. "충격적인 일을 겪으셨어요. 의료시스템의 회수 고객 트라우마 진단 프토토콜이 필요하다고 말씀을…."

"맞는 말이야. 박사는 정말로 의료 진단을…."

구라틴이 입을 열었다. 라티와 핀-리도 입을 모아 동의했다.

"신경 쓰지 마." 멘사는 이야기가 다른 데로 흘러가게 할 생각이 없었다. "넌 남아서 죽으려고 했어."

그런데 당시에 실제로 내가 그럴 생각이었다는 사실과 별개로 그건 내 잘못이 아니었다.

"저를 통과하게 해주지 않았을 겁니다. 저는 항구 관리팀에게 박사님이 셔틀로 가게 해주면 제가 남겠다고 말했습니다."

그 말에 멘사가 말을 멈추고 눈썹을 찡그렸다.

"그래서 남았던 거야?"

거짓말을 할 수도 있었지만 그러고 싶지 않았다.

"대체로요." 내가 말했다. 나는 다시 내 실제 눈으로 멘사를 바라보았다. "이기고 싶었습니다."

라티와 구라틴, 핀-리 모두 나를 바라보았다. 회사 승무원은 엿듣지 않으려는 티를 제대로 내지 못했다. 멘사 박사의 표정이 누그러졌다. 아주 조금이었지만.

라티가 말했다.

"그러면 구라틴이 장벽을 열었을 때 왜 들어온 거야?"

"마지막 적은 전투용 보안유닛이었고 그게 저를 갈

같이 찢어놓을 참이었기 때문입니다. 그건 이기는 게 아니지요."

이기는 게 뭔지 알 수 있으면 좋으련만. 그리고 나는 일단 진실을 이야기하기 시작하면 멈추는 게 어렵다.

"여기 있고 싶은 건 아닙니다."

핀-리가 라티 옆에 앉았다.

"우리는 여기 오래 있지 않을 거야. 이번 웜홀 도약만 지나면 보존 연합 우주선과 랑데부해서 이 날아다니는 자판기에서 내릴 거야." 핀-리가 승무원을 노려보며 말했다. "내가 기업을 싫어하는 이유를 중무장한 기계 하나 안에 몽땅 넣어놓은 것 같아."

나에 관해서도 그렇게 이야기할 수 있겠지. 나는 멘사 박사에게 물었다.

"그러고 나서는요?"

"너랑 나랑 이야기해봐야지." 멘사가 말하며 회사 승무원을 슬쩍 바라보았다. "녹음당하지 않고 이야기할 수 있을 때까지 기다…"

그 뒤는 듣지 못했다. 봇 조종사가 전투함의 인간

선장에게 보내는 경고를 포착했기 때문이다. 우리는 웜홀에 접근하고 있었지만 적이 아직 추적 중이었다. 우주선의 보안시스템은 방금 통신기를 통해 우주선의 내부 피드에 연결하려는 적의 시도를 물리쳤다.

"적과 교전 중입니다."

내가 말했다. 자동으로 일어섰지만 갈 곳이 없었다. 상황이 정말 안 좋아질 수 있었다. 나는 우주선 사이의 전투에 관해서는 아는 게 없었다. 하지만 경보의 단계로 보아서는…. 팰리세이드가 우리 통신기를 통해 코드 공격을 가할 수는 없었다. 아닌가? 복도 밖에 있던 승무원들은 모두 가만히 서서 고개를 기울인 채 선장의 피드를 듣고 있었다.

"뭐라고?"

라티가 말했다.

"우리를 쏘고 있는 거야?"

멘사가 말했다.

"아닙니다. 그건…. 조심하세요!"

너무 늦었다. 통신기가 막 적의 신호를 수신하기 시작했다. 우리 위쪽의 조종실에서 선장이 누군가에게 수동으로 피드를 끄라고 외쳤고 누군가가 부품에 손을 대기 위해 제어판을 뜯어내고 있었다. 보안시스템이 재빨리 방어 모드로 전환하며 방화벽을 세워 생명유지장치와 무기를 차단했다. 내가 외쳤다.

"당장 피드 접속을 끊으세요!"

라티와 핀-리가 더듬거리며 귀에서 인터페이스를 빼냈고 나는 멘사의 임플란트와 연결을 끊으며 구라틴의 내부 증강물 주위에 방화벽을 세웠다. 복도에 있던 증강인간 두 명이 갑판에 쓰러져 꿈틀거렸다. 나는 그 둘에게도 방화벽을 쳐주었다. 원래 보안시스템이 했어야 하는 일인데 지금 보안시스템은 에어록을 열고 우주선 내부를 감압하라는 명령에 맞서 싸우고 있었다.

조종실에서 누군가 말했다.

"저들이 어, 어떻게…"

누군가 대꾸했다.

"개자식들이 우리 코드를 갖고 있어. 통신 보안을 무력화하고…"

팰리세이드는 회사의 통신 코드 목록을 획득해서

먹히는 것 하나를 찾을 때까지 우리 쪽 통신기에 적용했다. (내가 밀루와 트란롤린하이파 항구에서 보안 드론을 빼앗을 때 사용했던 드론 제어키 목록처럼.) 일단 연결이 이루어지자 우주선 피드에 코드 뭉치를 전송했다. 표준 멀웨어나 킬웨어가 아니었다. 내가 전에 본 적이 없는 종류였다. 그게 우주선 시스템 안에서 생명유지장치를 끄려고 하거나 봇 조종사의 명령시스템을 먹통으로 만드는 등 끔찍한 추진기 고장을 일으키려 하고 있었다. 보안시스템이 방화벽을 세웠지만 적의 코드가 방화벽을 갉아먹고 있었다. 보안시스템을 잡아먹고 있었던 것이다.

보안시스템이 방화벽 하나를 더 잃었다. 그러자 주 에어록이 돌아가며 열리기 시작했다. 나는 우주선의 제어 피드로 들어가 모든 에어록 해치에 발열을 일으켜 수동 제어기를 뺀 나머지 모든 것을 녹였다. 수동이 아닌 방식으로는 아예 기관실에 접근하지 못하게 차단하려 했지만 너무 늦었다. 추진기가 고장을 일으키기 시작했고 엔진 출력이 줄어들고 있었다. 센서에 의하면 팰리세이드의 우주선이 접근하고 있었다. 조종실에서는 선장이 주포를 발사하라고 두 차례 명령을 내렸지만 봇 조종사는 이미 무기와 접속이 끊어진 상태였다. 갑자기 중앙 통로에 중력이 없어지면서 수동으로 시스템에 접근하려던 인간들이 움직이지 못하게 되었다. 선장은 침투 공격을 물리치기 위해 무장 구출팀을 소집하려고 했지만 그중 절반은 증강물에 공격을 받아 무력해진 증강인간이었고 나머지 절반은 각자 방어 위치로 가기 위해 잠긴 문을 열려고 분투하고 있었다.

나는 정신없이 움직였다. 보안시스템을 도우려고 했지만 내 손 아래에서 녹아버리고 있었다.

봇 조종사는 ART처럼 말을 할 수는 없었다. 하지만 나는 머릿속으로 녀석의 두려움을 느낄 수 있었다. 그 녀석이 보냈다.

코드: 시스템, 시스템. 도와달라. 위험하다.

회사의 코드를 사용해 내게 도움을 요청하고 있었다. 내가 고객을 위해 도움을 요청했던 방식이었다.

에라 모르겠다. 그레이크리스가 이기게 둘 순 없다.

나는 우주선 깊숙이 봇 조종사의 하드웨어 안까지

들어갔다. ART가 그렇게 하는 것을 본 적이 있었다.

(물론 ART의 처리 능력은 나보다 훨씬 더 뛰어났다. 아주 금세 문제가 생길 거고 나는 그 문제에 맞닥뜨리게 될 것이다.)

갑자기 내게 다른 몸이 생겼다. 혹독한 진공에 맞닿은 금속 피부였다. 나는 센서만이 아니라 내 눈으로 다가오는 우주선을 볼 수 있었다. 그 우주선에서 보낸 승선용 셔틀이 전투함의 정박용 중앙에어록을 향해 빠르게 다가오고 있었다. 나는 뒤로 물러났다. 구경하고 있을 시간이 없었다. 봇 조종사는 우리가 어떻게 해야 할지 알고 싶어 했다. 좋은 질문이었다.

지금처럼 똑같은 하드웨어 안에 들어와 있으니 봇 조종사와 나는 거의 즉각적으로 소통할 수 있었다. 나는 보안시스템의 공격자 분석 파일을 꺼냈고 둘이 함께 검토했다. 그건 멀웨어나 킬웨어 같은 일련의 코드 이상의 존재였다. 의식이 있는 봇이었다. 나나 ART처럼 피드 사이를 오가지만 돌아갈 수 있는 물리적인 구조는 없었다. 그래서 그렇게 빨랐던 것이다. 그건 육체가 없는 전투봇과 같았다.

봇 조종사는 공격자가 봇이 아니라 인간의 신경 조직으로 만든 구성체일 수도 있지 않겠냐고 물으며 그 이론을 뒷받침하는 분석 내용을 지적했다.

나는 그건 더 안 좋기도 하고 좋기도 한 상황이라고 말했다. 육체를 벗어난 구성체는 더 사악하겠지만 속여 넘기기도 더 쉬웠다.

내가 아이디어를 하나 떠올리고 봇 조종사에게 간략히 설명했다. 만약 우리가 공격자의 코드 뭉치를 닫힌 공간에 몰아넣고 파괴하면 영향 받은 시스템의 통제권을 다시 찾아올 수 있었다. 하지만 공격자를 닫힌 공간 속으로 끌어들이려면 미끼가 필요했다. 우리는 공격자가 무엇을 원하는지/무슨 지시를 받고 왔는지 알아내야 했다.

봇 조종사는 그게 우주선과 승무원을 파괴하기를 원한다고 말했다.

나는 분명히 이유가 있을 거라고 말했다. 그레이크리스가 우리를 죽여서 얻을 이익은 없었다. 그리고 이렇게 비싼 우주선을 파괴해 보증 회사를 적으로 돌리는 건 위험이 너무 컸다.

나는 승객 대기실에 뻣뻣하게 서 있던 내 몸을 다시 활성화했다. 라티는 복도에 나가서 증강물의 공격을 받아 쓰러진 증강인간 승무원에게 인공호흡을 하고 있었다. 구라틴도 밖에 나가 두 손을 제어판 안쪽에 넣고 승무원이 중앙 통로를 우회해 추진기로 갈 수 있도록 복도 해치를 열어주었다. 핀-리와 멘사는 다른 두 승무원과 함께 바닥에 앉아 있었다. 네 명 모두 휴대용 수동 인터페이스를 열고 미친 듯이 코드를 입력해 보안시스템의 방화벽을 올리고 있었다. 충분히 빠르지는 않았지만 아직 남아 있는 보안시스템의 일부는 아마 그런 생각에 고마워했을 것이다.

내가 말했다.

"멘사 박사님, 그레이크리스가 왜 이런다고 생각하십니까? 저들이 뭘 원하는 걸까요?"

다들 움찔했다.

"저게 뭘 하는 거죠?" 승무원 하나가 물었다. "저건 적에게 장악당했을 수도…."

"닥쳐요." 멘사가 승무원을 향해 쏘아붙였다. 그리고 내게 말했다. "우리는 밀루 때문이라고 생각해. 네가 밀루에서 가져온 데이터를 갖고 있을 거라고 생각하는 게 분명해."

"그럴 거야." 핀-리가 디스플레이에서 눈을 떼지 않은 채 덧붙였다. "우리가 트란롤린하이파에 도착하자마자 죽일 수 있었는데도 저자들은 돈을 원했어. 일이 과격해진 건 저자들이 네가 여기에 있다는 걸 알게 된 뒤부터였어."

아, 뭐 그렇겠지. 그리고 그건 분명히 내가 윌켄과 거스에게서 빼앗은 메모리 클립과 관련이 있었다. 그레이크리스는 그게 존재한다는 걸 알았고 내가 가지고 있다고 생각하는 게 틀림없었다. 놈들은 너무 늦었다. 그건 지금쯤 보존 연합 항성계에 있을 것이다. 하지만 놈들이 그걸 믿을 것 같지는 않았다. 그래도 덕분에 내가 할 수 있는 일이 생겼다.

"누군가 우리가 타고 온 셔틀을 수동으로 분리해주셔야 합니다."

멘사가 인터페이스를 놓고 일어섰다.

"우리가 할게. 핀-리…."

"갈게!"

"도와주셔서 감사합니다."

내가 다시 내 몸을 정지하고 봇 파일러에게 돌아가면서 버퍼 메모리에 남아 있던 말이 흘러나왔다.

가속된 시간 속으로 돌아온 나는 봇 조종사에게 내가 하려는 일을 설명했다. 봇 조종사는 발사하라는 선장의 명령에 따르기 위해 무기시스템을 다시 통제하려고 싸우고 있었다. 녀석이 내게 승선 중인 셔틀에서 나온 일부 정보를 보여주었다. 탑승 목록에 따르면 증강인간으로 이루어진 승선팀과 함께 전투용 보안유닛이 타고 있었다.

오, 저 셔틀이 정박하게 둘 수는 없었다.

나는 그 메모리 클립의 사본을 만들어두지 않았지만 밀루에 가는 도중에 기록한 데이터를 아직 모두 갖고 있었다. 밀루로 가는 몇 주기 내내 윌켄과 거스가 나눈 별 쓸모 없는 잡담을 전부 갖고 있었다. 분석하고 압축해둔 상태였지만 공격자가 찾고 있는 파일과 특징이 비슷해서 계획이 먹힐 수 있을 정도로 충분히 시간을 끌어줄 수도 있었다.

카메라나 피드를 사용하는 건 위험해서 내 몸을 움

직여 승객 대기실을 벗어나 셔틀로 가는 복도로 걸어
갔다. 내가 그쪽 해치도 녹여버렸지만 멘사와 핀-리
가 비상 분리에 대비해 패널을 열어두었다.

"제 신호를 기다리세요."

내가 말했다.

나는 봇 조종사에게 이걸 잘 해내야만 한다고 말했
다. 녀석도 동의했고 우리는 앞으로 할 일을 계획했
다.

그리고 봇 조종사가 보안시스템을 해제했다.

그렇게 해야 한다는 건 알았지만 취약한 상태가 된
다고 하니 두려웠다. 공격자가 봇 조종사와 나를 압
박해 들어오는 걸 느낄 수 있었다. 나는 봇 조종사에
게 나중에 회사가 회수할 수 있도록 이 중요한 정보
를 보호해야 하니 그걸 셔틀에 숨겨놓겠다고 말했다.
봇 조종사는 혼란스러워하는 셔틀봇 조종사를 셔틀
의 기억 중추에서 떼어냈고 나는 데이터 뭉치를 그
안에 넣었다.

그러자 공격자가 스스로 셔틀시스템 안으로 들어
갔다.

세 가지 일이 동시에 일어났다. (1) 셔틀 보안시스템이 셔틀의 통신시스템에 방화벽을 둘렀다. (2) 봇 조종사가 자기 자신의 통신시스템 코드를 삭제했고 내가 통신기 하드웨어를 과부하로 녹였다. (3) 내 몸이 멘사 박사와 핀-리에게 말했다. "지금입니다."

핀-리의 손이 패널 속에서 움직였고 멘사 박사가 제어기를 조작했다. 셔틀이 분리됐다.

그때 전투함은 천천히 움직이고 있었다. 그래서 셔틀이 아주 멀리 떨어져 나가지는 않았다. 하지만 통신기가 타버렸으니 웜홀 건너편에 있는 것이나 마찬가지였다. 공격자는 셔틀에 갇힌 채로 사라졌다.

하아.

내가 생각했다.

그거나 처먹어라, 개자식아.

우주선 피드와 시스템 코드는 지워졌지만 봇 조종사가 이미 통제권을 다시 찾아가고 있었다. 보안시스템은 인간으로 치자면 술에 취한 것처럼 비틀거리며 일어났다. 조종실에서 누군가 말했다.

"오, 다행입니다. 적이 사라졌습니다!"

봇 조종사가 무기시스템을 되찾고 선장에게 물었다. 선장이 말했다.

"발사하라."

나는 승선하려던 셔틀이 한 번의 폭발로 사라지고 팰리세이드의 우주선이 여러 차례 공격을 받아 선체가 부서지는 모습을 충분히 즐기다가 흩어져 있던 내 코드를 그러모아 다시 몸으로 돌아갔다. 기분이 이상했다.

멘사와 핀-리는 아직 복도에 서서 걱정스럽게 나를 바라보고 있었다.

"이제 안전합니다."

내가 말했다.

핀-리가 흥분해서 환성을 질렀고 멘사는 핀-리를 붙잡고 빙글빙글 돌았다.

기분이 이상했다. 아주 이상했다. 아주 나빴다.

기능안정성 45퍼센트에서 하강 중. 치명적 고장—

내 몸이 무너지는 게 느껴졌다. 하지만 갑판에 부딪치는 건 느끼지 못했다.

8

　내 기억은 단편적이었다. 그건 별로 좋은 기분이
아니었다. 하지만 완전한 봇과 달리 내게는 그렇게
재앙은 아니었다. 내 데이터저장시스템 전체에서 으
레 약한 연결고리가 되는 인간 신경 조직은 지워지지
않았다. 나는 그것에 의지해 기억의 파편을 정리해야
했는데 안타깝게도 접속 속도가 끔찍했다.
　젠장맞게 오래 걸리고 있었다.
　나는 아무렇게나 떠오르는 이미지, 통증, 풍경, 복
도, 벽 사이를 방랑했다. 우와, 정말 벽이 많았다.
　(음향 채널에 미확인 목소리가 들렸다.

"좀 변화가 있어?"

"아직." 주저하는 기색. "저 사람들이 그걸 칸막이방 안에 넣어도 된다고 생각해? 만약…."

"아니, 아니야. 절대 안 돼. 어떻게 지배 모듈을 깨뜨렸는지 알고 싶어 할 거야. 기회만 있으면…. 그 사람들을 믿을 수 없어.")

최악은 이 상태로 얼마나 있었는지 기억할(흥!) 수 없다는 사실이었다. 내가 가진 얼마 안 되는 진단 정보를 보면 치명적인 고장 같은 게 있었던 것 같았다.

진단 데이터 없이도 너무 빤히 보이기는 했다.

모두 분명한, 복잡한 일련의 신경 연결이 보호 처리된 저장소의 크고 온전한 구역으로 나를 이끌었다…. 이게 대체 뭐였더라? 〈거룩한 위성〉? 나는 그걸 다시 확인하기 시작했다.

그리고 짜잔, 수십만 개의 연결이 꽃을 피웠다. 나는 다시 내 처리 능력을 되찾았고 진단 및 데이터 복구 절차를 시작했다. 기억이 좀 더 빠른 속도로 정리되기 시작했다.

(음향 채널의 목소리: "좋은 소식이야! 진단 활동이 엄청 빠

르게 이루어지고 있어. 스스로 고치고 있는 거야.")

(부분적 확인: 고객인가?)

벽 대신에 둥근 천장이 보였다. 색달랐다. 나는 푹
신한 표면에 누워 있었다. 지금 기억 수준으로도 이
게 보통이 아니라는 건 알 수 있었다. 그리고 보통,
보통이 아닌 건 나쁜 일이었다. 좀 더 많은 기억의 파
편이 일관성을 갖추고 있었다. 단지 순서가 제대로
되지 않았을 뿐이다. 수송선, 우주선, ART. 맞다, 이
제 그렇게 이상하지도 않았다. 나는 보호 피부와 장
갑복이 아니라 인간의 옷을 입고 있었다. 그러니까
맞아떨어졌다. 좀 더 신경의 연결이 이루어지자 머리
위의 물체가 의료시스템과 관련이 있는 장치임을 알
아볼 수 있었다. ART? 나는 핑 신호를 보내려 했다.
아니, 그 기억은 순서가 말이 되지 않았다. 나는 타판
을 친구들에게 데려다주고 ART와 헤어졌다.

(라티가 내게 물었다.

"기분이 어때?"

내가 라티에 관해 접근할 수 있는 표식으로는 '내 인간 친
구'라는 단편적인 게 유일했다. 그건 기이하고 있을 법하지 않

왔다. 하지만 치명적인 고장 이전의 나는 그렇게 확신했던 모양이었다. 그리고 더 알아볼 수 있는 것도 없었다.

"괜찮습니다."

어쩌면 내가 괜찮지 않은 게 너무 빤히 보이는지도 몰랐다. 라티가 말했다.

"여기가 어딘지 알겠어?"

대답할 말이 없었다. 내 버퍼 메모리가 말했다.

"그 정보를 찾는 동안 잠시 기다려주십시오."

"그래." 라티가 말했다. "알았어.")

나는 의료시스템 안에 있었다. 인간이나 증강인간이 중대한 의학적 처치를 받은 뒤 회복하는 데 쓰는 장비도 있었다. 방 안에는 해치가 두 개 있었다. 하나는 열려 있고 하나는 닫혀 있었다. 닫힌 문 위에 있는 기호가 화장실을 뜻하는 고풍스러운 상징이라는 사실을 인식하는 데 1분이 걸렸다. 그냥 하는 말이 아니라 진짜 1분이었다. 내 접속 속도는 끔찍했다. 아, 뭐 이래. 완전히 쓸모없는 일에 1분이나 걸리다니.

그러니까 이곳은 봇이나 보안유닛이 아니라 인간을 집어넣는 장소였다. 내가 인간이라고 생각한 걸까? 그건 스트레스가 될 뿐이었다. 지금 나는 인간인 척하고 싶지 않았다. 하지만 내 재킷과 신발이 없어졌다. 내 발 부위에는 유기물 부분이 없고 내 발은 부상을 입은 인간을 위한 의료용 증강물처럼 보이지 않았다. 그리고, 아, 맞다. 나는 의료시스템에 들어와 있었다. 시스템은 곧바로 내가 보안유닛으로는 말기 증상을 보인다고 진단했겠지.

("저는 애완용 로봇이 되고 싶지 않습니다."

"그건 누구도 원하지 않을 거야."

구라틴이었다. 나는 구라틴을 좋아하지 않는다.

"저는 당신을 좋아하지 않습니다."

"나도 알아."

재미있어하는 듯한 목소리였다.

"그건 재미있지 않습니다."

"네 인지 수준을 55퍼센트로 기록해야겠군."

"엿 먹어."

"60퍼센트라고 하자.")

기억이 하나 떠올랐다. 회사 전투함.

순간적으로 공포가 느껴졌다. 너무 강렬해서 마비

될 정도였다.

하지만 이곳의 벽은 여기저기 흠집이 있고 닳은 금속으로, 여러 장치를 설치했던 흔적이 남아 있었다. 결론: 이건 회사 전투함이 아니다.

감정이 있어서 좋은 점 하나는 기억 저장소 복구 과정이 더 빨라진다는 것이다. (감정이 있어서 나쁜 점은 알다시피 이런 거다. 으악, 나한테 무슨 일이 생긴 거지?) 나는 미친 듯이 내 지배 모듈을 점검했다. 하지만 여전히 해킹된 상태였다. 진행 중인 진단 결과에 따르면 내 데이터 포트도 고쳐지지 않았다. 갑자기 몰아닥친 두려움이 내 산소를 모두 소모해서 나는 숨을 들이마셔야 했다. 나는 방화벽을 위한 코드 구조를 발견하고 재조립하기 시작했다.

("저는 인간이 되고 싶지 않습니다."

멘사 박사가 말했다.

"그런 태도를 이해할 수 있는 인간은 별로 없어. 봇이나 구성체는 인간을 닮았기 때문에 우리는 으레 그것들의 궁극적인 목적이 인간이 되는 거라고 생각하거든."

"그런 멍청한 소리는 처음 들어봅니다.")

바닥에 쓰러질 때 나는 내가 작동용 코드보다 우선 순위에 둘 정도로 기억을 재건하는 데 집중하고 있었 다는 사실을 깨달았다. 나는 또 다른 재건 과정을 시 작했는데 그러자 모든 게 느려졌다. 하지만 내 머릿 속의 유기물 부분은 일어서고 걷는 방법을 기억하고 있었고 만약 내 몸의 나머지 부분이 그 방법을 다시 학습한다면 더 빨리 진행이 될 터였다.

나는 걷기를 시도하면서 현재 데이터를 더 수집했 다. 의료 설비는 좀 더 오래된 구조물에 맞게 개조된 상태였다. 과거에 있던 장비를 교체했거나 제거한 선 실 벽에는 아직 낡은 볼트와 부속품 자국이 남아 있 었다. 굵은 케이블이 벽을 따라 이어져 있었지만 더 이상 필요가 없어서 잘려 있었다. 격벽에는 희미하 게 색칠이나 글자가 남아 있었다. 문구나 이름 따위 였다. 해치의 수동제어판이 너무 구식이라 나는 이게 작은 설치 미술품이라고 생각했다.

커다란 현창이 있었다. 이상했다. 웜홀 안에서는 볼 게 아무것도 없었다.

우리가 웜홀 안에 있는 게 아니라면 이건 우주였

다. 우리는 어느 정거장에 다가가고 있었다. 눈으로
는 점점이 빛나는 불빛밖에 안 보였지만 조종실에서
통신기를 통해 센서 데이터를 보내고 있었다. 덕분에
방 안의 디스플레이로 정거장의 근접 모습을 볼 수
있었다. (그건 번거롭고 어색했지만 피드가 없는 구린 우주
선에 타고 있을 때는 어쩔 수 없다.)

  이상하게도 정거장의 커다란 일부를 거대하고 낡
은 우주선처럼 보이게 만들어놓았다. 게다가… 아,
잠깐. 저건 거대하고 낡은 우주선이 맞았다. 거기에
다가 정박 구역 주위로 더 재래식인 원형 환승 고리
를 붙여서 만들어놓았다. 낡고 못생겼지만 밀루는 아
니었다. 수많은 수송선과 소형 우주선이 정박해 있었
다. 나는 조심스럽게 방화벽 너머로 나가 정거장 피
드 *끄트머리*를 포착했다.

  멘사 박사가 말했다.

  "네가 어디 있는 건지 알겠어?"

  멘사에게 집이라면 행성을 의미했다. 내가 메모리
클립을 그곳에 있는 멘사의 가족에게 보냈기 때문에
알고 있었다. 중요한 메모리 클립. 우리를 죽일 뻔했

던 메모리 클립. 내가 말했다.

"저는 행성이 싫습니다. 먼지에다가 날씨도 있고 어딜 가나 인간을 잡아먹으려는 게 있지요. 그리고 행성에서는 탈출하기가 훨씬 더 어렵습니다."

멘사 뒤에서 구라틴이 말했다.

"안다는 것 같네."

우주선에는 카메라가 없어서 나는 아무도 볼 수 없었다. 아니. 잠깐. 내 눈을 사용하면 된다.

"우리는 보존 연합 환승정거장에 도착하고 있어." 멘사가 말했다. "어떻게 된 건지 알아?"

"제가 치명적인 고장을 일으켰습니다. 그건 확실한 것 같습니다."

멘사가 고개를 끄덕였다.

"회사 우주선에서 코드 공격에 맞서 싸울 때 너는 너 자신을 너무 크게 확장했어. 기억나?"

기억나는 것 같았다. 하지만 그 이야기를 하고 싶지 않았다.

"이 우주선은 왜 이렇게 낡고 구립니까?"

라티가 반발했다.

"이봐, 이건 낡았을지는 모르지만 구리지는 않아. 이건 정거장이 된 저 훨씬 더 큰 우주선의 화물칸에 빽빽하게 실려서 우리들 조부모님과 함께 보존 연합으로 왔다고. 음, 구라틴의 조부모님은 빼고. 구라틴은 나중에 왔으니까."

"여러분의 조부모님이 빽빽하게 화물칸에 실려 왔다고요?"

믿기 어려웠다. 나는 수많은 화물칸에 타보았지만 그곳에서 인간을 본 적은 없었다. 내가 다른 수송함 속을 들여다볼 수 있었던 건 아니지만 그래도…. 여러분은 내 말이 무슨 뜻인지 알 것이다.

멘사의 목소리에는 웃음기가 담겨 있었다. 나는 그게 어떤 소린지 기억하고 있었다.

"그분들은 정지보존 상자 안에 들어 있었어. 그 여행은 거의 2백 년이나 걸렸거든. 망한 개척지의 난민이었고 그게 유일한 탈출 방법이었지. 보존 연합 항성계에 도착했을 때 그분들은 비슷한 난민선이 개척한 다른 두 항성계와 동맹을 맺을 수 있었어. 코퍼레이션 림의 우주선이 우리를 발견했을 때 그분들은 도움을 거절했고 덕분에 독립 상태로 남을 수 있었지."

나는 보존 연합에 관한 아카이브 데이터를 조금 찾았다. 자, 그곳에서라면 내 신분은 장비나 치명적인 무기보다 더 높았다. 하지만 그래도 여전히 나는 누군가의 소유물이어야 했다. 그리고 행복한 봇 하인이나 뭐 그런 게 되어야지. 그래, 퍽이나 좋겠다.

아마 내가 그 말을 소리 내서 했거나 어느 시점에선가 그 말을 소리 내서 한 적이 있었는지 멘사가 말했다.

"이 우주선에서 네가 보안유닛이란 걸 아는 사람은 없어. 사람들은 네가 증강물이 아주 많은 인간이며 우리를 돕다가 다쳤다고 그리고 난민으로 보존 연합으로 가고 있는 거라고 생각하고 있어."

나는 실제로 몸을 돌려 멘사를 바라보았다. 멘사는 내 옆에 서 있었다. 구라틴은 휴대용 구형 디스플레이를 들고 의자에 앉아 있었고 라티는 긴 의자에 있었고 핀-리는 해치 옆의 벽에 기대 있었다.

(그리고 이 우주선은 구리다. 인간의 양말 냄새가 난다.)

"마지막 부분은 진짜야. 엄밀히 말해서." 핀-리가

말했다. "너는 난민의 법적 정의에 부합해."

"아주 드라마 같아." 라티가 덧붙였다. "승무원들은 네가 우리를 구하기 위해 회사를 배신한 특수 보안 요원이라고 생각해."

그건 정말 드라마 같았다. 무슨 역사모험물 같은 데 나온 것 같았다. 게다가 사실만 모두 제외하면 모든 측면에서 정확했다. 무슨 역사모험물 같은 데 나오는 것처럼.

멘사가 말했다.

"이제 선택지는 더 많아. 네가 외모를 바꿨으니까. 그리고 제대로…."

멘사는 '인간인 척한다'는 말을 하지 못하고 머뭇거리고 있었다. 나는 그에 관한 대화를 적어도 세 가지 기억하고 있었다.

"뭐랄까, 들키지 않았잖아. 네가 완전히 나아서 어떻게 하고 싶은지 알려줄 때까지 그런 선택지를 열어두고 싶어."

멘사가 조심스럽게 나를 바라보았다.

"자유무역항에 있을 때 나는 네가 인간 사회에 적

응하려면 많은 도움이 필요할 거라고 생각했어. 내가
잘못 생각했던 거야. 사과할게."

나는 멘사에게 집중했다.

"저는 저 행성에 가고 싶지 않습니다."

멘사가 고개를 끄덕였다.

"그것도 괜찮아. 환승 정거장에 머물러도 돼."

빠져나갈 수가 없었다. 그래서 가능한 한 상황을
최대한 이용하는 게 나을 것 같았다.

"호텔에서요?"

"원한다면."

"디스플레이가 큰 방으로요."

멘사가 웃었다.

"아마 그럴 수 있을 거야."

* * *

새로운 기억이 자꾸 튀어나와 제자리를 찾아들어
갔다. 그리고 저장된 드라마 모두와 이어지는 신경
연결이 돌아오고 있었다. 나는 항상 바깥 세상을 차

단하고 드라마를 봤기 때문에 혼란스러웠다. 하지만 그건 내 재건 과정을 가속하는 신경 연결을 자극하기도 했다. 보존 연합 환승 고리에 정박하자 멘사와 핀-리는 수많은 다른 항성계 기자들을 비롯해 우리를 기다리는 인간들을 따돌리기 위해 먼저 우주선을 나섰다. 승무원 한 명이 안전하다고 신호를 보내자 라티와 구라틴이 나를 데리고 탑승장을 통과했다.

둘은 정거장의 행정센터와 이어져 있는 호텔 안의 외교상 손님을 위해 마련된 스위트룸으로 나를 데려갔다. 보안은 부실하기 짝이 없었지만 멋진 방이었다. 다른 이들이 머무는 방과 이어져 있긴 했지만 나는 방 몇 개를 혼자 쓸 수 있었다. 마치 큰 호텔 안에 작은 호텔이 있는 것 같았다.

마음에 들지 않았다.

나는 침대와 디스플레이가 있는 방으로 돌아가 문을 잠갔다. 1시간 뒤 라티가 내 피드에 신호를 보내 말했다.

작은 네트워크를 만들었어. 도움이 되면 좋겠네.

나는 조심스럽게 검색을 시작했다. 모든 스위트룸

라운지와 연결 복도에 카메라를 설치해 내가 모든 것을 볼 수 있게 해주었다.

나는 복잡한 감정적 반응을 보였다. 완전히 새로운 신경 연결이 꽃을 피웠다. 아, 맞아. 종종 나는 쉽게 해석할 수 없는 복잡한 감정적 반응을 보이곤 한다.

나는 코드를 변형시켜 누구도 외부에서 새로운 네트워크를 해킹할 수 없게 했다. 그리고 문의 잠금을 해제했다.

멘사는 정거장의 다른 곳에, 정부 일로 여기 올 때 사용하는 숙소가 있었다. 그리고 멘사의 가족 구성원 상당수가 멘사가 목숨을 건졌다는 사실에 기뻐하며 멘사를 만나기 위해 찾아왔다. 핀-리와 라티, 구라틴은 바로 옆 행정센터의 정부 사무소에서 회의가 많아 당분간 정거장에 머물러야 했다. 그레이크리스와 보증 회사, 팰리세이드에 얽힌 일에 관한 회의였다.

우리가 도착하고 12시간 뒤 아라다와 오버스가 우리 모두를 만나러 왔다. 그때쯤 나는 아카이브에 접속해 그 둘을 기억할 수 있었다. (1) 둘은 고객이었다. (2) 둘은 연인이었다. (3) 둘은 서로 좋아했고 (4)

둘은 나를 좋아했다. 나는 로컬 카메라 네트워크로 두 사람을 23분 동안 지켜본 뒤 방에서 나와서 나와 이야기할 수 있게 해주었다. 인간들은 기뻐하는 기색이었다.

아라다는 나를 끌어안지는 않았지만 펄쩍펄쩍 뛰면서 두 팔을 흔들었다. 13시간 뒤 아라다가 다른 이들과 이야기하고 나서 내게 말했다.

"몇 달 뒤에 우리는 작은 평가 조사를 떠나. 코퍼레이션 림 밖에 있는 독립 부지야. 그래서 보증 회사 같은 게 없을 거야…. 그런 걱정은 안 해도 돼. 네가 함께 가서 우리가 죽지 않게 지켜주면 좋겠는데. 대가로 네가 뭘 원할지 모르겠…."

"선불카드를 좋아해."

구라틴이 말했다. 내가 구라틴을 바라보았다. 구라틴이 말했다.

"손가락 욕을 한 것으로 받아들일게."

"그 이야기는 나중에 해야 해." 핀-리가 말했다. "기억을 재건하는 게 끝나기 전까지는 어떤 계약도 맺을 수 없어."

"왜죠?" 내가 핀-리에게 물었다. "제 소유주가 그렇게 말하기 때문인가요?"

"아니야, 개자식아." 핀-리가 말했다. "내가 네 법률 고문이기 때문이야."

그 대화 이후 다른 이들이 잠을 자러 간 뒤 핀-리가 내 방에 다시 와서 내 가방을 집어들었다. (일단 그런 게 있었다는 사실을 떠올리자 나는 월켄과 거스의 신분 표식과 내가 아직 쓰지 않은 선불카드가 그대로 있는지 확인했다.) 핀-리가 말했다.

"이건 엄밀히 따져서 불법이니까 아무한테도 말하지 마."

그리고 새 신분 표식 세 개와 선불카드를 내 가방에 넣었다. 핀-리가 말했다.

"이건 그냥 만약 일이 잘못될 때를 대비한 보험이야. 구라틴이 신분 표식을 만들었고 이것들은 라티와 내가 트란롤린하이파로 갈 때 샀지만 쓰지 않은 카드야. 보존 연합에는 내부 통화경제가 없어. 이것들은 시민용 여행 펀드에서 뺀 돈이야."

"왜죠?"

내가 말했다.

"우리가 진심이라는 걸 네가 알았으면 해서. 그리고 네가 죄수나 애완로봇이나 다른 뭐든 네가 생각하는 게 아니라는 걸 알았으면 해서."

그리고 핀-리는 방을 나가버렸다.

내가 모르는 인간이 나를 찾아오면 나는 방 안에 숨었다. 어차피 숨어 있지 않을 때도 방 안에서 많은 시간을 보냈다. 재건 과정이 내 자원을 많이 소모하기 때문이었다. 서너 시간 단위로 그냥 침대에 누워서 디스플레이로 현지 드라마를 보는 것밖에 할 수 없었다.

도착한 지 29시간이 지난 뒤 라티가 나를 데리러 왔다. 스위트룸 주 라운지에 있는 대형 디스플레이에 나오는 뉴스를 모두 모여서 보고 있었기 때문이다. 멘사도 거기 있었다. 뉴스에는 여러 인물의 인터뷰가 담겨 있었다. 하지만 기본적으로 보증 회사가 전투함을 공격한 것에 아직 화가 나 있으며 그레이크리스에게 전쟁을 선포했다는 이야기였다. (내 현재 상태로도 그레이크리스에게 좋은 소식은 아니라는 걸 알 수 있었다.)

게다가 그레이크리스가 기묘한 합성물을 불법적으로 수집한 과거 이력에 관한 정보 때문에 이제 다른 수많은 기업과 정치적 독립체가 엮여 있었다. 뉴스는 내가 밀루에서 가져온 데이터를 언급하며 윌켄과 거스의 공감용 메모리 클립의 일부를 재생했다. 그 안에는 그레이크리스의 요원과 임원들이 불법 외계인 유물을 갖고 있는 영상이 들어 있었다. (나는 클립 전체를 이미 보았기 때문에 그 부분에서는 백그라운드에 드라마를 틀어놓고 보았다.)

"이제 우리는 상관 안 해도 돼." 구라틴이 디스플레이를 향해 뭔가 던져버리는 시늉을 하면서 말했다. "이제 서로 갈가리 찢어발길 거야."

"기업들하고 엮여야 하는 이상 완전히 상관 안 할 수는 없어." 멘사가 말했다. "그래도 안심이야."

아라다가 말했다.

"어떻게 생각해, 보안유닛?"

재건 과정이 다시 속도를 높이고 있었다. 그러자 갑자기 인간과 이야기할 용량이 남지 않게 되었다. 나는 일어서서 다시 방으로 돌아갔다.

* * *

재건 과정 완료. 인지 수준 100퍼센트.

* * *

도착한 지 37시간이 지난 뒤 나는 일어나 앉아 큰 소리로 말했다.

"그건 멍청한 짓이었어."

모든 게 깔끔하고 선명했다. 나 자신에게 일러두기. 절대 두 번 다시 봇 조종사가 있는 전투함에 타서 구성체 코드 공격자와 맞서 싸우지 말 것. 거의 삭제될 뻔했잖아, 살인봇아.

나는 침대에서 나와 내 카메라를 통해 스위트룸을 간단히 훑어보았다. 인간들은 대부분 저녁 행사가 있다며 어디론가 갔다. 오버스와 아라다는 핀-리의 방에서 잠들었고 구라틴은 자기 방에 앉아서 피드로 학술 논문을 읽고 있었다.

나는 내 가방을 챙겼다. 재킷과 신발을 찾아서 걸

치고 스위트룸을 빠져나왔다.

* * *

정거장 보안은 밀루와 비슷했다. 정말 무슨 일이 생길 가능성이 있는 지역에 집중되어 있었고 거주 공간이나 상점가에는 별로 없었다. 정박장 주위에는 무기 스캐너가 집중되어 있었지만 드론은 거의 없었고 있는 드론도 대부분 작은 물품을 나르는 데 쓰였다. 상가에 매우 신경을 썼는지 둥근 구조물은 나무로 지은 것처럼 보이게 되어 있었고 홀로그램 대신 진짜 식물이 많았으며 바닥의 모자이크 타일은 이 항성계에 있는 행성의 동식물을 묘사하고 있었다. 그리고 피드에 그에 관한 정보를 제공하는 표식이 달려 있었다. 그건 내 주위를 돌아다니는 인간들의 주의를 훌륭하게 다른 곳으로 돌려주었다. 모두가 타일을 쳐다보거나 피드를 읽고 있어서 혼자 떠돌아다니는 보안 유닛을 알아채지 못했다.

라티와 핀-리 등이 보던 현지 뉴스피드에서도 내가

여기 있다는 이야기는 나오지 않았다. 코퍼레이션 림에서 들어온 뉴스에는 멘사 박사의 보안유닛이 트란롤린하이파에서 탈출하는 일에 관여했다는 이야기가 있었지만 내가 보안 영상에서 내 모습을 솜씨 좋게 삭제했기 때문에 언론이 가지고 있는 건 자유무역항에 있을 때 찍힌 신체 변형 전의 모습뿐이었다. 그건 걱정할 필요가 없어서 한시름 놓을 수 있었다.

이 정거장 상가의 또 다른 점은 피드 광고에 거리 제한이 있다는 점이었다. 따라서 디스플레이가 대부분 가게 안에 있었는데 그건 좀 이상했다. 내가 피드에서 본 바로는 두 가지 금융시스템이 있었다. 하나는 여행자의 선불카드를 사용하는 시스템이었고 다른 하나는 현지인을 위한 물물교환 기반의 시스템이었다. 다행히 자동예매기는 선불카드를 받았다.

나는 환승 일정을 확인하고 남은 시간을 때워야 했다. 그래서 정거장 상가의 '환영 센터'라는 곳으로 갔다. 어느 항구에서도 이런 걸 본 적이 없었다. 하지만 찾아본 적도 없으니 어쩌면 내가 못 보고 지나친 것일 수도 있었다. 그곳에는 무인판매대와 보존 연합의 모든 행성과 정거장에 관한 정보를 보여주는 디스플레이가 있었다. 천장의 돔에는 여러 보존 연합 행성의 하늘 영상이 떠 있었다. 진짜 인간과 증강인간들이 여기저기서 이곳에 살고 싶은 인간들의 질문에 답해주고 있었다. 그들을 피하기 위해 가게처럼 보이는 곳으로 들어갔는데 막상 들어가보니 극장이었다.

나는 현실 세계에서 극장을 본 적이 한 번도 없었다. 엔터테인먼트 미디어의 쇼에서 본 게 전부였다. 극장 한가운데에서 홀로그램으로 이야기를 보여주었고 그 주위를 빙 둘러 크고 편안한 의자가 놓여 있었다. 서로 너무 가깝게 붙어 있지는 않았다. 그저 거대한 디스플레이라는 걸 알고 있었지만 그래도 감흥이 달랐다. 여기서는 첫 개척민들이 도착하는 과정을 보여주는 3시간짜리 영상을 틀고 있었다. 기본적으로 라티와 멘사가 내게 말해준 내용, 거대한 우주선이 파국을 맞은 개척지에서 벗어나는 이야기의 긴 버전이었다. 어조는 조금 건조하긴 했어도 재미있는 이야기였다.

그게 끝나자 나는 탑승장으로 돌아가 내가 표시해

두었던 수송선들 주위의 활동을 점검했다. 아직 보안이 강화되지는 않았다.

나는 핀-리가 준 카드 하나로 탑승권을 샀고 드라마를 보면서 정거장 보안 피드를 감시하는 동안 자는 척할 수 있게 해줄 진짜 소파와 의자가 있는 대기실을 발견했다. 지금까지도 아무 이상은 없었다.

내가 탈 수송선의 탑승 안내가 흘러나왔다. 나는 타지 않았다.

나는 정거장 인명부를 확인해 항구 관리소와 같은 구역의 행정부 구역에서 멘사의 사무실을 찾아냈다. 개인 숙소도 올라와 있었다. (이건 완전히 나쁜 생각이었다. 보존 연합이 스스로 일종의 인간을 위한 비기업 낙원이라고 생각하는 건 알지만 현실적으로 생각을 해야지.) 어차피 멘사의 가족이 있을 집으로 가고 싶지는 않았으니 나는 멘사의 사무실로 갔다.

그곳에서는 내가 통과해야 할 보안 검색이 좀 있었다. 그리고 판에 박힌 기능 장애를 알리는 가짜 피드 경보에 너무 쉽게 속아 넘어가는 증강인간이 셋 있었다. 멋진 사무실이었다. 행정센터 광장이 내려다보이는 발코니와 커다란 디스플레이가 몇 개 있었다. 나는 아무것도 건드리지 않은 채 소파에 누워서 8시간 동안 드라마를 보았다.

정거장 피드를 대기 상태로 돌리고 있었는데 아직 아무런 보안 경보도 울리지 않았고 여객선이나 봇이 조종하는 수송선 근처에서도 비정상적인 활동이 전혀 없었다.

이윽고 나는 멘사가 다른 두 인간과 멘사를 축소해 놓은 것 같은 작고 어린 인간 하나와 함께 바깥쪽 현관에 도착했다는 사실을 알아챘다. 나는 일어서서 기다렸다.

그들이 들어오다가 갑자기 멈췄다.

내가 말했다.

"접니다."

"그래, 나도 보여."

멘사는 입술을 깨물며 표정을 숨겼다. 하지만 화가 나 보이지는 않았다. 멘사가 다른 인간들을 슬쩍 보더니 내게 말했다.

"잠깐만."

멘사가 다른 인간들과 이야기하는 동안 나는 발코니에 나가 있었다. 발코니와 두 층 아래에 있는 광장 사이에 보호용 공기 장벽이 있었는데 아무것도 없는 것보다는 나은 것 같았다. 광장의 거대한 모자이크 패턴 주위에는 진짜 식물을 심은 정교한 추상 조각품이 놓여 있었다. 인간과 봇들이 광장을 지나 다른 항구 사무실로 이리저리 움직였다. 약한 발소리를 들으니 작은 인간이 나를 따라 나왔다는 것을 알 수 있었다. 그 여자아이는 난간 쪽으로 다가와 호기심 어린 표정으로 이마를 찡그리며 나를 바라보았다. 여자아이가 말했다.

"안녕하세요."

"안녕." 내가 말했다. "난 네 엄마의 애완용 보안 자문이란다."

아이가 고개를 끄덕였다.

"알아요. 엄마 그러는데 제가 이름을 물어봐도 아마 대답해주지 않을 거랬어요."

"네 엄마가 옳아."

우리는 10초 동안 서로 바라보았고 이윽고 아이는

233

내가 진심이라고 생각한 듯했다. 아이가 덧붙였다.

"엄마가 또 그랬는데 우리 엄마를 기업 깡패들한테서 구해주셨다면서요."

"엄마가 '깡패들'이라고 하지는 않았겠지."

그건 고풍스러운 단어였다. 찾아보지 않고도 알 수 있었다. 보존 연합의 다른 세계 중 한 곳에서 제작한 새 드라마 〈자유 항성계의 모험〉이 20시간 전에 현지에서 종영했는데 거기에서 '깡패'라는 단어를 썼기 때문이다. 나는 멘사의 작은 인간도 거기서 그 단어를 배웠을 거라고 93퍼센트 확신했다.

"제가 무슨 말을 하는 건지 알잖아요." 아이가 팔짱을 꼈다. 더 많은 정보를 바랐는데 아무리 봐도 그렇게 될 것 같지 않으니 실망한 게 분명했다. "엄마를 구해준 게 맞죠?"

"그래. 보고 싶어?"

아이가 놀란 듯 눈썹을 추켜세웠다.

"그럼요."

나는 이미 트란롤린하이파 탑승장에서 벌어졌던 탈출의 마지막 부분, 보안유닛과 전투용 보안유닛과

의 싸움 그리고 셔틀을 이용한 탈출 영상을 불러냈
다. 잽싸게 피가 농후한 근접 영상 일부를 편집해서
잘라낸 뒤 아이의 피드로 보냈다.

아이의 시선이 자신의 내부로 향하더니 그 영상을
보느라 눈이 흐릿해졌다. 깊은 인상을 받았지만 겉으
로 드러내지 않으려는 젊은 인간의 말투로 아이가 말
했다.

"우와."

"네 엄마도 나를 구했어. 음파 채굴 드릴로 보안유
닛을 쐈지."

아이가 영상을 다 보고 다시 나를 향해 이마를 찡
그렸다.

"그러니까 그쪽은 보안유닛인 거네요." 아이는 어
깨를 슬쩍 으쓱였는데 나는 그 동작을 이해할 수 없
었다. "그건… 이상한 느낌인가요?"

그건 단순하게 답할 수 있는 난해한 질문이었다.

"그래."

멘사가 발코니로 나와 단호한 손짓으로 사무실 안
에 있는 소파 쪽을 가리켰다. 작은 인간이 손을 흔들

어 작별 인사를 하고 가서 앉았다. 멘사가 내 옆의 난간에 기대며 말했다.

"네가 간 줄 알고 걱정했어."

멘사의 시선은 광장을 향하고 있었다. 그래서 나는 멘사의 옆얼굴을 볼 수 있었다.

"그럴까 생각했습니다."

멘사는 20초 동안 말없이 아래쪽 광장에서 움직이는 사람들만 보고 있었다.

"뭘 하고 싶은지 많이 생각해봤어?"

"드라마 보는 거요."

멘사가 눈썹을 추켜올리는 표정을 지었는데 내 파일에는 그게 이런 뜻으로 되어 있었다.

웃겨보려고 하는 거 다 아는데 안 웃겨.

라티와 구라틴에게 가장 흔히 짓던 표정이었다.

"원하는 게 그게 전부라면 어디론가 가서 그렇게 할 수 있었다고 생각해. 애초에 밀루에 갈 이유가 없었어."

"밀루로 가는 길에 드라마를 아주 많이 봤습니다."

제대로 된 논박은 아니었지만 나는 그게 중요한 데

이터라고 생각했다.

"구라틴이 네가 공유한 영상을 보여줬어." 수송선에서 아이레스 일행과 있었던 일의 영상을 말하는 것이었다. "넌 그 사람들을 돕고 있었어."

"저는 그들을 도울 수 없었습니다. 노동 계약을 맺고 있었어요."

멘사의 반응을 보니 그게 뭔지 정확히 알고 있다는 걸 알 수 있었다.

"그 사람들을 돕기에는 이미 너무 늦었었구나." 멘사가 나를 향해 고개를 돌리려다가 다시 광장을 내다보았다. "하지만 넌 그러려고 했어."

"저는 인간을 돕도록 프로그래밍되어 있습니다."

다시 눈썹이 올라갔다.

"너는 드라마를 보도록 프로그래밍되어 있지 않아."

맞는 말이었다.

멘사가 말을 이었다.

"내가 물어본 이유는 말이야. 네가 굿나잇랜더 인디펜던트에게서 일 의뢰를 받았어."

아하, 그건 놀라운 일이었다.

"저를 사고 싶다는 거로군요. 그쪽이 활동하는 영역에서는 제가 불법인 줄 알고 있었는데요."

"보안유닛을 소유하는 게 불법이지." 멘사가 정정했다. "그 사람들은 보존 연합 어딘가에 있는 것으로 추정되는 린인지 뭔지 하는 누군가를 고용하길 원해. 시민권 상태는 대수롭지 않게 여길 거라고 해." 멘사가 웃었다. "그런 식으로 표현했던 것 같아."

나는 아직도 이걸 믿을 수가 없었다.

"보안유닛을 고용하고 싶다니요."

"전투봇과 전문 킬러와 싸워 자신들의 평가팀을 구한 인물을 고용하고 싶은 거야. 그리고 그들은 그 인물이 무엇이든 상관하지 않아." 멘사가 다시 나를 흘깃 바라보았다. "게다가 내가 바라다지 박사와 계속 이야기해왔는데 네 이야기를 공개하는 걸 고려해보라고 부탁하고 싶대. 뉴스피드에가 아니라 다큐멘터리의 한 부분으로 말이야. 보존 연합에서는 전부터 구성체와 고급봇에게 완전한 시민권을 주자고 압력을 넣는 작은 운동이 있었어. 바라다지는 네 상황을 네가 직접 자세히 얘기해주면 큰 도움이 될 거라고 생각해. 네가 자유무역항을 떠나기 전에 내게 보냈던 메시지를 그레이크리스 사건에 관한 공개 보고서의 일부로 공개하는 데 동의하는 것뿐이겠지만 그래도 도움이 될 거야. 바라다지가 너와 그 이야기를 하고 싶대. 네가 생각해볼 만하다고 느끼면 말이야."

자, 어쩌면 나는 오싹한 기분이 들었어야 했는지도 몰랐다. 그건 끔찍한 생각이었다. 끔찍하게 매력적인 생각이었다. 내가 말했다.

"엔터테인먼트 피드에 올라가는 다큐멘터리요?"

멘사는 고개를 끄덕였다.

"다시 한번 말하지만 전부 다 조금도 서두를 필요 없어. 난 그저 여기서도 네게 이미 선택권이 있다는 걸 알려주려는 것뿐이야. 그리고 내 생각에는 앞으로 보안 자문으로서 일거리나 자문 활동에 대한 요청이 더 많이 들어올 것 같아. 그리고 여기에는 네가 의논할 수 있는 친구도 있어. 네가 어떤 결정을 하든, 어디로 가기로 하든."

내게 선택권이 있었다. 지금 당장 결정할 필요도

없었다. 그건 좋았다. 내가 아직 뭘 원하는지 잘 몰랐기 때문이다.

하지만 그걸 알아낼 때까지 있을 장소가 생긴 건지도 모르겠다.

지은이..마샤 웰스 Martha Wells

SF, 판타지 소설 작가다. '머더봇 다이어리The Murderbot Diaries' 시리즈로 휴고상, 네뷸러상, 로커스상을 받으며 세계적인 SF 작가로 자리매김했다. 미국 텍사스A&M 대학교에서 인류학을 전공했다. 현실 사회의 복잡성을 세심하게 묘파해내는 작가로도 잘 알려져 있는데, 인류학을 전공한 작가의 학문적 배경 덕분이라는 평가가 있다. 2017년 월드판타지컨벤션World Fantasy Convention에서 발표한 SF, 판타지, 영화 등 미디어의 소외된 창작자에 대한 연설이 호응을 얻으며 이와 관련한 광범위한 논쟁을 촉발시키기도 했다.

1993년 첫 책《불의 요소The Element of Fire》를 출간하며 작가 활동을 시작했다. 네뷸러상 최종 후보에 오른 세 번째 소설《네크로멘서의 죽음The Death of the Necromancer》이후 '라크수라의 책Books of the Raksura' 시리즈를 비롯해,《마법사 사냥꾼The Wizard Hunters》《무한의 바퀴Wheels of the Infinite》등 다수의 소설과 논픽션을 펴냈고, SF 영화에 바탕을 둔 미디어 타이인 소설《스타게이트: 아틀란티스Stargate: Atlantis》《스타워즈: 면도날Star Wars: Razor's Edge》을 출간하기도 했다.

옮긴이..고호관

서울대학교 과학사 및 과학철학 협동과정에서 과학사로 석사 학위를 받았다. 동아사이언스에서 과학기자로 일했고, 현재는 SF와 과학 분야의 글을 쓰고 번역하고 있다.

지은 책으로는 SF 앤솔로지《아직은 끝이 아니야》(공저)와《우주로 가는 문 달》등이 있고, 옮긴 책으로는《아서 클라크 단편 전집 1960-1999》《SF 명예의 전당 1: 전설의 밤》(공역)《신의 망치》등이 있다.

불가능하고도 가능한 세계
포비든 플래닛 FORBIDDEN PLANET

머더봇 다이어리: 탈출 전략

1판 1쇄 찍음 2021년 2월 25일
1판 1쇄 펴냄 2021년 3월 15일

지은이 마샤 웰스
옮긴이 고호관
펴낸이 안지미
편집 유승재
교정 박소현
일러스트레이션 최성민
디자인 안지미
제작처 공간

펴낸곳 (주)알마
출판등록 2006년 6월 22일 제2013-000266호
주소 04056 서울시 마포구 신촌로4길 5-13, 3층
전화 02.324.3800 판매 02.324.2846 편집
전송 02.324.1144

전자우편 alma@almabook.com
페이스북 /almabooks
트위터 @alma_books
인스타그램 @alma_books

ISBN 979-11-5992-329-6 04800
ISBN 979-11-5992-246-6 (세트)

알마는 아이쿱생협과 더불어 협동조합의 가치를 실천하는 출판사입니다.

종이 표지_스노우화이트 120g/㎡ 본문_그린라이트 80g/㎡